RÉPONSE AU LIBELLE

INTITULÉ

PRÉCIS HISTORIQUE

SUR LA COLONIE DU GOAZACOALCO,

DE HIPPOLYTE MANSION;

PAR

F. GIORDAN, CONCESSIONNAIRE.

Paris.

IMPRIMERIE DE AUGUSTE AUFFRAY,

PASSAGE DU CAIRE, N° 54.

1831.

RÉPONSE

AU LIBELLE

DE

HIPPOLYTE MANSION.

RÉPONSE AU LIBELLE

INTITULÉ

PRÉCIS HISTORIQUE

SUR LA COLONIE DU GOAZACOALCO,

DE HIPPOLYTE MANSION;

PAR

F. GIORDAN, CONCESSIONNAIRE.

Paris.

IMPRIMERIE DE AUGUSTE AUFFRAY,
PASSAGE DU CAIRE, N° 54.

1831.

AVANT-PROPOS.

Je réponds au libelle que sous le titre de *Précis historique sur la colonie française du Goazacoalco*, Hippolyte Mansion a publié contre moi et contre cette colonie.

Avant d'entrer en matière, je déclare que je n'ai jamais vu cet homme qu'environ un quart d'heure, à Minatitlan pendant ma maladie, pour lui donner quelques avis qu'il me demandait ; qu'il n'est pas sous-concessionnaire, et que par conséquent il ne s'est pas rendu au Goazacoalco pour coloniser. Sans ce que MM. Célarié et Paulin m'ont dit de lui, j'ignorerais encore le motif qui l'a obligé d'abandonner une patrie qu'il paraît regretter, et d'aller chercher un asile dans une colonie nouvelle. Je ne puis le plaindre ni l'excuser, car sa conduite a été blâmable, pour ne pas dire plus, et son libelle est atroce en tout ce qui me concerne.

Pour mettre le public à portée de juger les intentions qui ont présidé à la fabrication de son libelle, il me suffira de dire, qu'arrivé en aventurier avec la deuxième expédition, Hippolyte Mansion n'a vu ni les personnes dont il parle, ni les événemens qu'il raconte, ni les lieux qu'il prétend décrire. Il n'a jamais été à Sarabia, jamais il n'a foulé les terres de la concession bien autrement fertiles et bien plus saines que celles qu'il a vues.

1

Le public pourrait croire, d'après Hippolyte Mansion, que les concessionnaires, maîtres de choisir les terres qui leur paraîtraient les plus propres à être colonisées, ont assis leurs établissemens sur des marais pestilentiels ou sur des landes arides. Que le public se désabuse; les terres de la concession situées à vingt lieues de la Barre, couvertes en grande partie par des végétations colossales, sont toutes d'une étonnante fertilité, et comme le terrain va toujours en s'élevant, le climat varie de manière à ce que les colons peuvent, en quelque sorte, entreprendre, selon leurs inclinations, le genre de culture qui leur convient le mieux, et choisir les positions les plus avantageuses à ces cultures. Ainsi Mansion ment, en disant qu'elles sont stériles, et que leur température est également chaude partout.

Il ment aussi lorsqu'il dit que j'ai refusé de me rendre à la Barre; j'y étais rendu avant que les colons de l'un et l'autre convoi m'y attendissent. (*Voir* Pièces justificatives, Procès-Verbal, n⁰ 1.)

Il n'est pas vrai que j'ai gagné sur l'affrètement des pirogues; il est au contraire très-positif que j'ai été forcé par l'alcade de payer une partie de cet affrètement sur l'allégation qu'étant directeur de la colonie, les propriétaires ne reconnaissaient que moi. (P. J. Procès-Verbal, n° 1.) De plus, mes propres pirogues employées au sauvetage du navire *l'Amérique* ont été brisées sans dédommagement équivalent.

Il n'est pas vrai que j'aie gagné sur la nourriture des colons; il est prouvé, par un compte réglé par eux-mêmes, que leur dépense chez moi ne s'est élevée qu'à 83 cent. par jour pour trois repas, et je puis attester que malgré la modicité de cette somme, quelques-uns n'ont pas payé du tout, tant était grande leur misère !.... (Pièces justificatives, n° 2. *Compte Bremont.*)

Il n'est pas vrai que j'aie gagné sur le change des monnaies ; ce change n'a pas été fait par moi. Il est venu à ma connaissance que 249 pièces de 5 francs avaient été échangées à 25 pour o/o de perte, par le capitaine Fourré. C'est pour empêcher cet agiotage scandaleux, que j'ai écrit au gouvernement mexicain pour lui demander une loi qui ordonnât la circulation des monnaies françaises à l'égal des monnaies mexicaines. (Pièces justificatives, n° 3.)

Il n'est pas vrai que j'aie violé le dépôt des lettres ; aucune lettre ne m'a été ni ne devait m'être remise par les colons ; la poste de Minatitlan n'a jamais été dans mes attributions.

Ce qu'il y a de positif, de certain, d'indubitable, c'est que ma correspondance avec mon épouse et celle de la colonie avec moi ont été audacieusement interceptées à la Vera-Cruz ; que le vice-consul, Félicien Carrère, s'est associé au crime de ceux qui les ont interceptées ; qu'il mérite d'être puni des peines qui leur seront infligées pour avoir reçu le dépôt, et avoir délivré des copies qu'il a certifié être conformes aux originaux des pièces que la violation du secret des lettres avait seules mises entre les mains du libelliste. Et c'est le fonctionnaire à la justice duquel j'en aurais appelé qui s'est constitué dépositaire des documens volés !..... (*Voir* au Libelle, Pièces justificatives.)

Il est faux que je n'aie rien fait pour les colons à leur arrivée ; je leur ai fait apporter des vivres frais ; je leur ai servi d'interprète, et je suis intervenu auprès du capitaine Fourré pour l'empêcher de vendre, conformément à l'autorisation qu'il en avait reçue du tribunal de commerce du Hâvre, les vivres et autres objets que MM. Gallix, Tisseron et Destrée avaient emportés à MM. Rice et Courteville. Mon intervention dans cette affaire a empêché la rixe qui aurait eu lieu entre le capitaine Fourré et MM. Gallix, Tisseron et Destrée, et m'a constitué en avances d'une somme de 2,000 francs, dont je ne serai pas de long-temps remboursé. (Pièces justificatives, n° 4.)

Il est également faux que je n'aie pas cherché à éviter aux colons les désagrémens qu'ils ont éprouvés. Deux volumes de correspondance prouvent que j'ai demandé et obtenu, 1o leur internation dans la colonie; 2° la remise des objets qui leur avaient été saisis par la douane; 3° la ratification de l'article 21 de la loi de colonisation de l'État de Vera-Cruz ; 4° la translation à la Barre de l'administration de la douane qui était à Minatitlan, celle du capitaine du port qui était à Acayucan, et celle d'un pilote qui demeurait à Chinameca, etc.

Il est faux enfin que j'aie fui la colonie et abandonné les colons. Quand je suis parti de Minatitlan, il y avait quinze jours que j'avais demandé mon passeport pour Jalapa, où il était convenu que je me rendrais pour solliciter l'adoption de moyens propres à mettre un terme aux dissensions des colons entre eux, et forcer les autorités locales à juger les différends, conformément à la loi et dans son esprit. Le refus qui me fut fait de ce passeport m'obligea de cacher mon départ et de prendre des précautions pour ne pas être arrêté *en route*. Je savais que le commissaire de colonisation tenterait d'empêcher mon voyage. Il l'essaya, en effet : son fils

arriva à Acayucan aussitôt après moi ; mais ses démarches
auprès des autorités de cette ville furent sans succès ; elles
lui déclarèrent qu'elles ne pouvaient entrer dans ses vues,
ni m'empêcher de continuer ma route.

Si de Jalapa je ne suis pas retourné à la colonie, c'est parce
que M. le gouverneur Camacho m'apprit que M. Laisné de
Villevêque employait toute l'influence qu'il supposait à son fils,
pour me faire évincer de la concession, et que, n'ayant pu
l'obtenir, il en demandait la division avec seize lieues de plus
pour lui, pour le récompenser des services qu'il prétendait
avoir rendus au Mexique. En me donnant ces nouvelles,
M. le Gouverneur m'engagea de revenir en France le plus tôt
possible, tant pour faire comprendre à M. Laisné de Villevêque que c'était à moi et non à lui que la concession avait été
faite ; qu'elle ne lui avait été conservée que par égard pour
moi, et qu'il devait modifier le système qu'il avait adopté d'envoyer des hommes par petits paquets, sans moyens suffisans,
dans un pays où ils ne pouvaient devenir que malheureux.
Je consentis à passer de nouveau les mers, et, en conséquence,
M. le Gouverneur me fit expédier une permission convenable. Une lettre écrite par lui en réponse aux demandes
que je lui avais adressées, et que je m'empressai à mon arrivée à Paris de communiquer à l'honorable questeur, dut
prouver à ce dernier que sa conduite avait été appréciée
comme elle le méritait.

Étranger à tout ce qui s'est fait à Paris, où je n'étais pas ;
n'ayant concouru à la rédaction d'aucun acte, prospectus ou
autres ; n'en ayant ratifié aucun et étant complètement à découvert des avances que j'ai faites pour la colonie, je pourrais borner ma réponse à ce peu de lignes et sommer, comme

je le sommerai bientôt devant les tribunaux, le libelliste de prouver les faits qu'il avance ; mais l'atteinte qu'il a essayé de porter à ma réputation est si grave, la publicité qu'il lui a donnée est si scandaleuse, que je crois devoir démontrer l'inique absurdité de ses assertions, et devancer dans l'esprit du public le jugement des tribunaux, trop lents au gré de mes désirs. (*Voir* l'Extrait de la Correspondance, à la fin de l'ouvrage.)

Quant à ce que Mansion dit de M. Laisné de Villevêque, il ne m'appartient pas de décider entre le libelliste et mon associé. La position délicate dans laquelle me place le refus qu'il fait de reconnaître les dépenses que l'acte de concession, la loi de colonisation et ses ordres ont rendues nécessaires, et que j'ai seul supportées, tandis que seul il a perçu le montant de concessions qu'il a faites à titre onéreux, me force au silence ; mais une partie de sa correspondance et de la mienne, que je mets parmi les pièces justificatives, apprendra au public quel est celui de nous deux que le libelle atteint réellement. Il verra que cet homme, que l'âge et l'expérience paraissaient avoir mûri, a lancé avec une légèreté inconcevable, une masse d'infortunés sur une terre encore inhabitée, et que leurs mains étaient impropres à cultiver. La plupart de ces hommes étaient des ouvriers, honorables sans doute, et fort capables de se livrer aux travaux des grandes villes, mais tout-à-fait impropres à défricher des forêts vierges, et à supporter les privations qu'une colonisation nouvelle impose. Aucune disposition préliminaire n'avait pu être faite, faute de moyens incessamment demandés par moi et opiniâtrément refusés par lui. Aucun des convois n'avait de médecin, de chirurgien, de pharmacien, ni de médicamens ; aucun des

individus qui les composaient n'avait été prémuni contre les
insectes dont le pays abonde, principalement dans les parties
voisines de la côte; aucune des précautions que j'avais indi-
quées n'avait été prise pour garantir les provisions et les li-
quides qu'ils portaient, etc.

Cependant j'avais transmis les instructions le plus minu-
tieusement détaillées sur les moyens à prendre pour parer
aux inconvéniens du pays; j'avais déterminé le trousseau,
l'armement, les vivres, les semences, les instrumens dont les
colons devaient être munis; j'avais formellement écrit de
n'envoyer que des paysans et de gros artisans, et de n'employer que des navires construits à varangues plates, tirant
dix pieds d'eau. On n'a fait attention à rien; mes instructions
n'ont pas été regardées, ma correspondance n'a pas été lue.
Le système de colonisation que j'avais proposé, et le seul en
harmonie avec les exigences de nos besoins, a été rejeté
comme extravagant. On a pris les premiers individus qui se
sont présentés, on a affrété les premiers navires que l'on a
offerts, et d'une opération philanthropique dont toutes les
précautions devaient assurer le succès, on a fait une misérable affaire d'argent, que la plus complète impéritie a fait
échouer. Encore si l'argent que l'on exigeait avait été em-
ployé au service de la colonie; mais non; c'était à soi que l'on
pensait dans ses coupables exigences; c'était ses enfans
qu'on avait en vue : on constituait des rentes dans l'avenir;
on négligeait d'assurer le présent.

Cette conduite, il faut en convenir, a organisé la ruine de
la colonie en général et le désespoir des colons en particulier.
Leurs plaintes ne sont que trop légitimes à cet égard, et
M. Laisné de Villevêque aura toujours à se reprocher leur

naufrage, leurs pertes, leurs souffrances et leur mort. Il est évident que M. Laisné ne se justifie point en disant qu'il n'a pu se procurer les fonds nécessaires pour coloniser ; car, puisqu'il ne pouvait le faire convenablement, il devait s'abstenir.

J'entre en matière sans autre préambule ; mais je serai d'autant plus bref que chaque partie de cette réponse sera justifiée par des documens irrécusables.

RÉPONSE

AU LIBELLE

DE

Hippolyte Mansion.

(*Page* 1re du libelle.) « Depuis long-temps, dit Mansion, la France gémissait sous un pouvoir tyrannique, dont l'influence désastreuse s'étendait sur toutes les classes de la société. Tout à coup un de ces projets gigantesques, dont la conception semble incroyable, éveille l'énergie ou l'apathie de quelques Français las de leur nullité, de leur sort incertain ou de leur lutte continuelle avec la fortune, etc. etc. »

Quelle est celle de ces catégories à laquelle appartient M. Hippolyte Mansion? A toutes peut-être; car nous le voyons s'embarquer en cachette au Hâvre, fuir ses parens, ses amis et sa patrie, pour aborder sur les rives du Goazacoalco, ou son temps n'était pas encore venu; car, homme de lettres, ainsi qu'il en prenait la qualité, il n'y avait aucune histoire à écrire, aucun libelle à publier, aucun public à induire en erreur. Il fallait nécessairement travailler pour vivre, mourir de faim ou fuir. Ce dernier parti était forcé, il l'a pris. S'il fût né pour le travail, il aurait compris qu'en prolongeant son séjour sur la colonie, il assurait sa fortune. Les premiers colonisateurs américains n'ont pas fait autrement : ils ont pris possession de leurs terres, ils ont attendu, et aujourd'hui ils sont tous riches : c'est un bel exemple à imiter.

Cette tyrannie qui pesait sur la France, et dont j'ai été bien autrement victime que lui, m'avait, par des causes bien différentes, forcé d'aller au Mexique. Le gouvernement de cette république, en m'accueillant avec bonté, m'a concédé trois cents lieues de terre, à condition que je les coloniserais ; le nom de M. Laisné de Villevêque fut introduit dans l'acte : sans sa malheureuse coopération, je n'aurais pas à m'occuper de réfuter un méchant libelle ; je n'aurais jamais vu Hippolyte Mansion ; car il n'eût été envoyé au Goazacoalco que des hommes propres au travail. (Pièces justificatives, Lettre du consul-général de Prusse à Mexico, n° 5.)

La colonisation du Goazacoalco est, au temps où nous sommes, une entreprise bien moins étonnante que ne le fut la colonisation des autres parties de l'Amérique dans le temps où elle fut faite. Alors tout était absolument désert dans cette partie du monde, tout était danger pour s'y établir ; à peine savait-on s'y rendre : aujourd'hui la civilisation la couvre presque entière, les plus belles cités s'y élèvent comme par enchantement ; l'on y va aussi facilement qu'à Saint-Pétersbourg. Il est vrai qu'au Goazacoalco il n'existe pas même encore des villages ; mais on y en fondera, et nous aurons le regret de voir qu'il les devra à d'autres qu'à nous. Il en sera de ce fleuve comme du Mississipi : nous l'aurons indiqué, d'autres le coloniseront.

(*Page 5.*) « M. Baradère avait vu M. Giordan au Mexique. Il en parle avec réserve, il est vrai ; mais il en parle, ainsi que le prospectus, comme d'un négociant estimable, entouré de considération et d'amis puissans, etc. etc. »

M. Baradère m'a accompagné dans mon voyage d'exploration ; il a tout vu et tout apprécié. Il a rendu des sensations qu'il a éprouvées, un compte à la rédaction duquel je n'ai nullement contribué. Il est revenu à Paris, porteur de mes instructions et d'un projet de colonisation. Ce projet établissait un système large, auquel il faudra que l'on revienne si on veut coloniser, parce que c'est le seul système que l'on puisse employer, au temps où nous sommes, avec les lumières que nous possédons, avec les besoins qui nous poignent. Cependant, je le répète, mes instructions n'ont pas été écoutées, et M. Laisné de Villevêque, sans daigner me le communiquer (il ne s'est pas cru tenu à tant d'égards), a suivi le système dont les résultats déplorables ne doivent peser que sur lui. Ses idées en colonisation étaient depuis long-temps arrêtées, disait-il ; cela lui a suffi. J'ai été obligé d'en passer par sa prétendue expérience, non toutefois sans en prédire les résultats funestes. Ma correspondance contient à ce sujet des prévisions et des plaintes dont le ton a paru inconvenant à M. Laisné. (*Voir* cette Correspondance à la fin de l'ouvrage.)

Mais pouvait-il être autre chose ?... Habitant depuis treize mois un désert à deux mille cinq cents lieues de ma patrie, j'attendais avec la plus vive impatience les colons et les secours que j'avais demandés pour préparer le logement et fonder les établissemens provisoires, sans lesquels je considérais toute colonisation comme impossible. J'espérais, qu'éclairés par mes instructions, ils seraient munis de tous les objets nécessaires pour fonder la prospérité de notre établissement naissant. Qu'on se figure ma douloureuse surprise, lorsque,

au lieu des secours que j'avais demandés, je vois arriver suc-
cessivement deux navires qui échouent, et la plage couverte
de deux cent cinquante colons, hommes, femmes et enfans,
pour la plupart incapables de se livrer aux pénibles travaux
d'une colonisation nouvelle, et par conséquent destinés à
éprouver toutes les angoisses d'une longue agonie !

A cet aspect mon cœur se gonfle ; j'écris d'indignation à
M. Laisné de Villevêque ; je lui reproche d'avoir méprisé les
conseils que la connaissance des lieux m'avait mis à portée de
lui donner ; je l'accuse d'avoir, avec une inconcevable légèreté, lancé hors de leur patrie deux cent cinquante infortunés
déjà effrayés par de sinistres présages et par l'aspect de leurs
navires échoués. Je lui dis que le découragement s'empare
d'eux, et que bientôt l'effroi du désert, réveillant les regrets
de la patrie, ferait descendre le désespoir dans leur cœur ;
qu'ils se disperseraient, et que je resterais de nouveau seul
sur ces bords, qu'ils maudiraient comme inhospitaliers, et
que tout le fruit de ma patience et de mes efforts serait
perdu : je terminais en le suppliant de changer de système, ou de cesser d'envoyer des malheureux à la mort.
(*Voir* la Correspondance.)

En même temps j'indiquais les nouvelles précautions qu'il
y avait à prendre, et les nouveaux moyens qu'il fallait employer pour réparer l'échec que nous avions éprouvé. Entre
autres choses, je demandais de l'argent pour faire avec des
Indiens quelques dispositions indispensables, et un bateau
à vapeur, objet constant de mes sollicitations. Avec ce moyen
de transport, les colons, franchissant en dix heures ces pa-
rages qu'Hippolyte Mansion signale avec raison comme dan-
gereux, arriveraient sans danger sur la terre de la concession,

la Barre et Minatitlan n'étant que des stations passagères. Mes avis, mes supplications, mes demandes ont été également repoussés : M. Laisné de Villevèque, inébranlable dans sa croyance et dans sa cécité, a continué ses opérations désastreuses. *Ses idées en colonisation étaient arrêtées.* Il a fallu les subir jusqu'à ce que, désespéré par les malheurs qu'elles produisaient, je pris enfin le parti de revenir en France pour tâcher de lui ouvrir les yeux. (Pièces justificatives, Correspondance, Lettre de M. Laisné.)

Si, depuis un an que je suis à Paris, quelques départs ont encore eu lieu sur les anciens erremens, c'est parce que toutes les dispositions de ces départs étaient faites avant mon arrivée, et qu'il n'était plus possible de les empêcher sans ruiner ceux qui se destinaient à partir. J'ai du moins la consolation de les avoir prémunis contre tous les dangers qui les menaçaient, et de les avoir mis, autant qu'il est en moi, en état de réussir. Si, comme ceux qui les avaient précédés, ils se sont dégoûtés, et ont abandonné, sans l'avoir vue, la terre qui leur avait été concédée, c'est parce que le coup était porté, et parce qu'ils étaient tout-à-fait impropres à coloniser. On trouvera aux Pièces justificatives les notes que je me suis empressé de publier à mon arrivée à Paris. (*Voir* ces Notes, n° 6.)

(*Pages* 6, 7 et 8.) « Lorsqu'il est en vue du Goazacoalco, M. Fourré, capitaine du navire *l'Amérique*, envoie un canot à terre pour s'assurer si ce fleuve est bien le point de débarquement. Sur l'affirmative, on demande un pilote. Il n'y en a point, répond le commandant du fort. Un Mexicain, ex-corsaire, don Salomon, se présente, etc. etc. »

« M. Giordan avait été averti depuis plusieurs jours, par

les autorités de Minatitlan, qu'un navire louvoyait depuis trois jours, etc. etc. »

« M. Giordan, ne se souvenant plus des refus qu'il avait faits pendant trois jours de descendre à la plage, blâme l'empressement que les colons ont mis à vouloir passer la Barre, etc. »

Il est plus qu'injuste de m'attribuer les malheurs arrivés au navire *l'Amérique;* lorsque l'on confesse que je n'étais pas présent quand ces malheurs sont arrivés, et que l'on dit que le capitaine Fourré avait envoyé son canot à terre pour s'assurer si c'était bien là le point de débarquement; qu'il n'y avait point de pilote à la Barre, et que nonobstant on s'é- tait déterminé à se laisser conduire par un nommé Salomon, ex-corsaire. J'étais en effet à Minatitlan alors, et je ne pou- vais empêcher le capitaine Fourré de prendre sa détermi- nation. Cependant, malgré l'ignorance du pilote, le navire passa la Barre, et n'échoua que par suite d'une fausse ma- nœuvre. Ce ne fut qu'après cet événement que l'on pensa à moi : j'étais en route. Un soldat de la Barre, auquel j'avais promis une quadruple pour le premier navire qu'il m'an- noncerait, était arrivé à Minatitlan au moment même où le capitaine faisait ses dispositions pour entrer. Je partis aussi- tôt, et j'étais à deux lieues de l'embouchure du fleuve lors- que je rencontrai le canot du navire *l'Amérique* qui venait me chercher. Je le fis rétrograder, en exprimant à M. Au- gros toute la joie que leur arrivée me faisait éprouver; et deux heures après nous étions à la Barre : la rencontre eut lieu à minuit.

Pendant le trajet, M. Augros me raconta ce qui avait été fait pour franchir la Barre, et par quelle fatalité le navire

avait échoué. Les femmes et les enfans sont à terre, me dit-
il; les hommes se sauveront toujours; nous espérons sauver
le navire. M. Augros ne connaissait pas la côte; il ignorait
que le vent, soufflant toujours de la partie du nord et de l'est,
ne permet presque jamais à un navire affalé sur la côte de
se relever au large. Dans ce cas, il faut que le navire mouille,
et attende le vent de terre, qui souffle régulièrement tous les
matins, pour remettre à la voile. Dans la position où l'on me
dit qu'était le navire *l'Amérique*, je le crus perdu : il le fut.
Je restai dix jours avec les colons sur la plage; pendant ce
temps, je leur servis d'interprète dans toutes leurs transac-
tions. Des Indiens furent appelés, des embarcations ame-
nées. Je leur fis apporter des vivres frais de toute espèce; je
leur rendis tous les services que je pus leur rendre, et ce fut
sans doute pour m'en témoigner leur reconnaissance qu'ils
me proclamèrent leur président à l'unanimité. (*Voir* Pièces
justificatives, n° 1, Procès-verbal.)

(*Page* 12.) « M. Laisné de Villevèque et Giordan avaient
lu l'acte mexicain, et l'avaient traduit comme ils ont traduit
les observations qu'ils ont *fait* ou fait faire, comme ils tra-
duisent leurs consciences, etc., etc. »

L'acte de concession a été traduit non par M. Laisné de
Villevèque, qui ne comprend pas l'espagnol, ni par M. Giordan, qui était au Goazacoalco, mais par M. Nugnez de Ta-
boada, auteur du meilleur dictionnaire espagnol qui existe,
et interprète de cette langue assermenté près des tribunaux
de Paris. Le rapport statistique de l'isthme de Tehuantepec
a été traduit par M. Warden, auteur de la meilleure histoire des États-Unis d'Amérique. Les observations qui ont
été données au public, ont été puisées dans *l'Essai politique*

sur la Nouvelle–Espagne, de M. de Humboldt. Le prospectus a été rédigé sur ces matériaux par M. Laisné de Villevêque ; je n'ai écrit que des lettres, qui n'étaient point destinées à être publiées, et que l'on a jointes au prospectus sans mon consentement. Il est donc d'un imposteur de dire que j'ai traduit l'acte et les autres pièces publiées en France, comme je traduis ma conscience. Grâce au ciel, ma conscience n'a pas besoin d'être traduite ; il y a cinquante ans que je la présente au public telle qu'elle est ; mais Hippolyte Mansion ignore peut–être, si je puis m'exprimer ainsi, que le langage de la conscience d'un galant homme ne se traduit pas : il est compris par tous les hommes de bien. (*Voir* l'acte déposé chez M. Noël, notaire, rue de la Paix, n° 13, à Paris.)

(*Page* 13.) « M. Giordan dressa une table d'hôte, qu'il fit payer avec usure à ceux qui s'étaient procuré quelque argent, et qu'il *refusa à ceux qui n'en avaient pas,* etc. etc. »

Il conste, par le compte réglé par les personnes qui se sont assises à cette prétendue table d'hôte, que leur dépense ne s'est élevée qu'à 83 centimes par jour pour trois repas. (Pièces justificatives, n° 2, Compte des colons.)

(*Page* 14.) « Si M. Giordan avait eu de l'honneur, s'il eût eu quelque puissance, des amis ou quelque crédit, n'aurait–il pu faire exempter de ce droit ou en répondre lui–même ? etc. etc. »

J'ai obtenu du gouvernement fédéral la ratification de l'art. 21 de la loi de colonisation qui exempte les colons pendant sept ans du droit de douane.—Je n'avais pas besoin pour cela d'avoir des amis puissans ; il me suffisait de demander une chose utile et juste à un gouvernement équitable.

Avant d'avoir obtenu cet acte de justice, il fallait, suivant le libelliste, cautionner les colons. C'est ce que j'ai fait, sans aucune restriction, ni exception, pour le premier convoi. Si je n'ai pas été assez heureux pour rendre le même service aux colons du second convoi, c'est parce que le directeur de la douane, me voyant déjà chargé de la garantie des droits dus pour la première expédition, craignit de compromettre sa responsabilité en recevant ma caution.

Si Hippolyte Mansion a ignoré ces faits, c'est parce que les droits de douane se percevaient sur autre chose que sur les personnes.

Si le public connaissait Hippolyte Mansion, comme MM. Terneaux, Celarié et Paulin, il trouverait singulièrement placé dans sa bouche le reproche *de manque d'honneur!* (Pièces justificatives, n° 11.)

(*Page* 15.) « Où sont les cent quatre-vingt mille pieds de cacao et *de café?* etc., etc. »

Qu'on les demande à MM. Gallix et Guillon, qui ont pillé les cafés semés derrière Minatitlan. D'ailleurs, qu'importait-il au libelliste qu'il y eût ou non du cacao et du café semé? Il n'était pas sous-concessionnaire. Son voyage au Goazacoalco n'avait pas pour but un défrichement de terre et de plantation d'arbres. Le seul aspect de Minatitlan l'a effrayé, il n'a pas vu les terres de la concession, il a fui : la Vera-Cruz l'a accueilli, le vice-consul lui a tendu les bras. Là, ses penchans se sont développés : il a écrit !

(*Page* 16.) « Peut-être M. Laisné répondrait-il que M. Serrano, commerçant américain, a prêté à Vera-Cruz 4,000 piastres à M. Giordan, d'une traite sur lui, M. Laisné de Villevêque, etc.

» Ces messieurs ne tenaient pas beaucoup à maintenir un crédit qu'ils annonçaient si hautement avoir, puisque la traite a été d'abord refusée faute d'acceptation, et ensuite protestée faute de paiement, etc., etc. »

J'ai effectivement emprunté 4,000 piastres pour lesquelles j'ai fait traite sur M. Laisné de Villevêque, qui n'a ni accepté, ni payé; les frais de retour, qui se sont élevés à plus de 20 pour 100, ont absorbé toute la partie de cette somme qui n'avait pas été employée. A mon départ de la Vera-Cruz, en juillet de l'année dernière, j'ai pris des arrangemens avec M. Serrano, qui a, non-seulement consenti à mon voyage, mais qui m'a encore donné les moyens de le faire. Il est vrai que le non paiement de la traite a ruiné le crédit de la colonie, et donné de M. Laisné de Villevêque la plus déplorable opinion. On l'avait supposé riche, capable et honnête; le retour de la traite le montra pauvre, incapable ou improbe. Je fus associé à son impéritie ou à sa *mauvaise foi*, et dès lors il me fut impossible de faire rien de bien pour la colonie. En effet, la confiance me manqua complètement dans le commerce; les intrigues de son fils auprès du gouvernement affaiblirent celle dont ce gouvernement m'avait honoré, sans qu'il en résultât rien d'utile pour lui.

Les justifications dont il voulut couvrir le refus de paiement achevèrent ce que le non paiement avait commencé, et rendront peut-être impossible le rétablissement de son crédit. Il est positif que l'acceptation de la traite de la part du père à Paris, et une conduite loyale de la part du fils à Mexico, auraient puissamment contribué au succès de la colonie ; mais est-ce moi, première victime de leurs intrigues, que l'on doit inculper ?

(*Page* 17.) « Les colons demandaient avec instance à être mis en possession, etc. »

Si les colons avaient demandé avec instance à être mis en possession, si on leur avait refusé cette demande si légitime, ils n'auraient pas manqué de faire constater le fait par les autorités locales, et d'exiger les dommages-intérêts auxquels ce refus leur donnait des droits incontestables. Le non apport de ce document important prouve la fausseté de l'allégation et la méchanceté du libelliste.

(*Page* 18.) « Minervée est à treize lieues environ de Minatitlan en ligne droite, mais au moins à trente lieues par les détours du fleuve. C'est ce lieu de prédilection que M. Giordan avait choisi pour fonder son premier établissement, etc.»

Minervée est un établissement que j'ai fondé sur le triangle formé par le Chalchijapa et le Goazacoalco. Cet établissement, avec ce que les deux Savoyards Arnaud et Guillon ont dilapidé, me coûte plus de 8,000 francs. Il est à cinq journées de la Barre, navigation de pirogues; à une journée de navigation par la vapeur. Mon but, en choisissant ce point, était d'y établir une halte provisoire pour les colons qui se rendraient à Sarabia.

Tous ceux qui y sont parvenus ont été enchantés de l'aspect du lieu, de la fertilité du sol, de la beauté des produits. Arnaud et Guillon y ont été très-heureux pendant tout le temps qu'ils y sont restés. J'ignore les motifs qui les ont obligés de quitter.

(*Page* 21.) « Après six grandes journées, ils arrivent à Sarabia sans avoir rencontré un seul courant d'eau. Deux rivières, qui sont dans la carte, n'existent pas non plus, etc. »

Depuis Minervée jusqu'à Sarabia il y a deux grandes rivières : celle de los Miges et celle de La Puerta, et plusieurs courans d'eau plus ou moins considérables. Quelques-uns de ces courans tarissent pendant l'été. Il y a entre l'un et l'autre point dix-sept rapides dont on peut tirer parti pour établir des usines. Si, au lieu de rester à Minatitlan, l'homme de lettres et architecte à Paris, le libelliste eût été les reconnaître et les décrire, on lui aurait su gré du service qu'il aurait rendu. Il paraît que faire le bien n'est pas sa vocation. (*Voir* la carte.)

Le fleuve du Goazacoalco est, comme le Nil, sujet à des débordemens périodiques. Au temps des pluies, qui commencent en mai et finissent en décembre, ses nombreux affluens se gonflent, il élève ses ondes de trente pieds au-dessus de son niveau ordinaire, et encombre son cours d'une foule d'arbres qu'il déracine. Un bateau dragueur le déblaierait dans l'espace d'un mois. Les autres accidens du fleuve peuvent être réparés avec une somme peu importante.

Je n'ai jamais comparé le Goazacoalco au Mississipi ; le premier de ces fleuves ne parcourt qu'une droite de vingt-quatre lieues, tandis que le second en parcourt une de plus de quatre cents. Je suis cependant convaincu que, si jamais le commerce prend sa route par l'isthme de Tehuantepec, le Goazacoalco deviendra par sa position plus important, sous le rapport commercial, que le Mississipi. Je présume que cette vérité n'est pas ignorée au vice-consulat de la Vera-Cruz, et que c'est justement là une des causes de la grande protection que l'on accorde aux colons déserteurs.

(*Pages* 23 et 24.) « M. Giordan n'a pas eu la patience d'attendre, etc. Vous avez eu la lâcheté de nous abandonner à Sarabia, etc. »

Il ne peut être ici question que des colons du premier convoi, car ceux du second n'ont pas voulu monter à Sarabia. Or, les colons du premier convoi ne se plaignent pas, donc il n'y a pas de réponse à faire. Le reproche de lâcheté fait par un homme qui n'a osé sortir de Minatitlan que pour fuir à la Vera-Cruz, s'applique mal à celui qui, pendant dix-huit mois, a parcouru et habité les bords du Goazacoalco.

(*Page 25.*) « Vous les avez mis à mort pour quelques pièces d'argent, et votre champ est devenu le champ de sang, etc. »

Aucun colon ne m'a donné une obole ; l'accusation ne porte donc pas contre moi qui serai encore à découvert des avances que j'ai faites, soit à ces mêmes colons, soit pour dépenses générales de la colonie. J'ai tout lieu de craindre qu'elles ne me rentreront pas sans de grandes difficultés, si jamais elles me rentrent.

Si M. Laisné de Villevêque a pris indûment de l'argent, si sa conduite a causé la misère, et par suite la mort de quelques-uns de ceux qu'il a envoyés dans la colonie avec tant d'imprévoyance, il en répondra ; sa justification ne m'appartient point. Comme les colons n'ai-je pas souffert ? n'ai-je pas à me plaindre de lui, et dans le fait n'étais-je pas colon comme eux ?

M. Laisné de Villevêque m'avait annoncé la formation d'une compagnie avec un capital d'opérations de huit millions de francs, et qu'il ne m'enverrait que des hommes propres à la culture de la terre. Provisoirement il me promettait un envoi préliminaire pour faire les travaux préparatoires nécessaires ; il m'assurait que je recevrais des fonds pour faire ces travaux, et que toutes les précautions seraient prises pour garantir le succès de l'entreprise. Au lieu de tout cela, les deux premiers navires, mal choisis, échouent en n'emportant que des ouvriers, des artisans, des hommes de lettres, des petits-maîtres et des femmes élégantes, mais d'argent, point. Cette masse hétérogène d'individus de tout sexe et de tout âge formait dix-neuf compagnies différentes, désunies entre elles et avides de séparation. Dès leur départ du Hâvre la discorde avait éclaté parmi elles; des paroles on en venait souvent aux mains, et peu de jours se passaient sans que des rixes effroyables n'eussent lieu. A cet esprit de discorde fomenté par l'insubordination et la révolte, étaient unies une présomption sans bornes et une paresse sans égale. Comment coloniser avec de pareils élémens? comment éviter les conséquences que leur conflit devait amener? Si les champs de Minatitlan, et non ceux de la concession, sont devenus les champs du sang, à qui faut-il s'en prendre? Lorsqu'on reproche à M. Laisné de Villevêque la mauvaise composition de ces convois, il répond qu'il ne s'en est pas occupé, que les sous-concessionnaires étaient libres de choisir les hommes qu'ils jugeaient convenables, qu'il n'avait pas le droit d'intervenir. Comme s'il n'était pas un des principaux concessionnaires, comme si les obligations de l'acte de concession ne pesaient pas toujours sur lui, comme si le non-succès des premiers colons devait le ruiner seul. (*Voir* Lettres, n° 5.)

Ce n'est pas tout, sa correspondance éminemment évasive me fit, non-seulement comprendre que ses intentions, relativement à l'entreprise, étaient aveuglément perverses, mais que mes intérêts personnels et matériels étaient éminemment compromis. Ce fut un attérant trait de lumière ; j'ouvris les yeux, et je vis l'abîme qu'il ouvrait sous moi. Il ne fut plus possible de se faire illusion. Le prestige de bonne foi qui m'avait été donné par ses assurances, disparut. Je prévis que son fils, dont il m'annonçait le départ pour Mexico en qualité de vice-consul d'Acapulco, emploierait toute l'influence qu'il pourrait obtenir auprès du gouvernement mexicain, à intriguer pour me faire évincer, et détruirait auprès de ce gouvernement le fruit de tous mes soins. Le protêt de non-paiement des 4,000 piastres qui m'arriva sur ces entrefaites, confirma mes tristes pressentimens ; dès lors la colonie avait cessé d'exister pour moi ; dans ma pensée, les colons s'étaient dispersés, j'avais perdu la confiance des Mexicains, et le tribunal de commerce de la Seine retentissait de mes réclamations. Tout s'est scrupuleusement accompli. (Pièces justificatives, n°ˢ 12 et 13.)

Quel désenchantement !..... Mon imagination prévenue m'avait d'abord présenté le Goazacoalco couvert de villes florissantes et de colons heureux ; je voyais le cap Horn abandonné, le commerce de cette partie du monde prenant tranquillement sa route à travers l'ithsme de Tehuantepec, et mon nom vénéré par les intérêts dont j'aurais prévenu les naufrages. Que j'étais loin de la réalité !... La coopération d'un associé présomptueux ruine mes prévisions de fond en comble ; les communications des deux mers ne s'ouvrent pas, le commerce continue à ignorer qu'il existe un ithsme de Tehuantepec ; les colons qui s'y sont rendus, ont fui ; moi, trahi et ruiné, je suis accusé d'avoir *trempé* et *retrempé* mes mains dans leur sang, et mon champ devenu leur tombeau ! Cette accusation désespérante, si elle était faite par un autre que par Mansion, si elle était méritée, aurait bien certainement ouvert pour moi ce tombeau que l'on m'accuse d'avoir

ouvert à d'autres. Cependant je ne cesse de travailler à fonder
la colonie du Goazacoalco, et même mon épouse m'y attend encore! Qui justifiera cette inconcevable opiniâtreté?...
Ma conviction intime et profonde que cette opération est
utile et glorieuse, et que tôt ou tard elle s'accomplira [1].
(Pièces justificatives, n° 10.)

(*Page* 26.) « Le thermomètre de Réaumur, etc. »

A l'époque dont il est ici question, il n'y avait point de
thermomètre de Réaumur à Minatitlan ; les seuls qui s'y
trouvaient étaient des thermomètres centigrades : il est possible qu'ils se soient élevés à quarante degrés au-dessus de
zéro ; mais il est absolument faux qu'on ait eu aucune discussion avec moi à cet égard.

(*Page* 28.) « Le sol n'est en partie composé que de gra-
vier, etc. »

Le sol du Goazacoalco varie : il est composé de terre grasse
argileuse, de terre légère, de terre pierreuse, etc., et on les
trouve alternativement à mesure que l'on va des bords du
fleuve à l'intérieur. La nature ne s'est pas comportée là au-

---

[1] Au moment où je livre ces lignes à l'impression, j'apprends par
une lettre de mon épouse, datée de Minatitlan, le 26 mai 1831, que
soixante personnes de la sixième expédition se sont jointes à celles qui
restaient des expéditions précédentes, et ont formé de concert un établissement agricole à Tepejilote. Comme la grande difficulté de coloniser le Goazacoalco consistait dans la fondation d'un premier établissement de quelque consistance sur un point quelconque de ce
fleuve, je considère maintenant cette difficulté presque vaincue, et la
colonisation en bon train de réussite.

Les personnes qui désireront de plus amples renseignemens pourront
s'adresser, rue des Moulins, n° 26, hôtel de la Côte-d'Or (*franco*),
à M. F. Giordan.

trement qu'ailleurs. Les bords du fleuve sont tous composés de terre alluvionaire et d'une culture facile; les hauteurs qui les bordent offrent partout des traces d'anciennes populations. A chaque débordement, le fleuve roule des débris de poterie; les bords du fleuve et de ses affluens sont couverts de bananiers et d'arbres fruitiers qui prouvent aussi l'existence de populations anciennes. Quelles causes les ont dispersées? Sans doute la conquête. Qui les ramènera? Sans doute la colonisation et la liberté.

Il est bon que le public sache bien que tous les inconvéniens que signale Hippolyte Mansion ne s'appliquent pas aux terres de la concession; et, comme je l'ai déjà dit, mon but principal, en construisant un bateau à vapeur, était de faire parcourir rapidement aux colons cet espace quelquefois malsain.

(*Page* 3o.) « Mais il fallait jouir, à quelque prix que ce fût, d'un terrain dont on se regardait comme propriétaire, bien qu'en effet on ne fût que directeur de colonie; il fallait en jouir sans dépenser une obole. Les hommes qui vont à deux mille six cents lieues de leur pays, etc. etc. »

Il est bien étonnant qu'un homme qui jouit dans le monde de quelque considération, et qu'une longue suite d'antécédens que j'ose nommer honorables, a placé à quelque hauteur dans l'opinion publique, se soit transformé tout à coup en un homme dont la rapace cupidité trouve à peine une qualification. Mais qu'est-ce qui prouve cette cupidité? sont-ce mes voyages, mes dépenses ou mon refus de ratifier les sous-concessions faites par M. Laisné de Villevêque à titre de rentes? Il faut avoir un bien grand besoin d'accuser pour imprimer de telles calomnies.

(*Page* 33.) « De quel secours M. Giordan leur a-t-il été; les premières paroles qu'il a prononcées ont été fallacieuses, etc. etc. »

D'abord, de quel secours M. Giordan pouvait-il leur être? quels fonds avait-il?... qui les lui avait envoyés?... de quel pouvoir était-il investi? M. Laisné de Villevêque avait fait les sous-concessions, et mis à la charge des sous-concessionnaires, toutes les conditions de colonisation que l'acte de concession lui imposait. M. Giordan n'avait qu'une seule chose à faire, c'était de les mettre en possession. Il est prouvé qu'il ne s'y est pas refusé.

Il est intervenu toutes les fois qu'il l'a pu pour défendre ou soutenir les intérêts des colons; et comme il l'a dit, il a donné son argent, son temps, sa personne; il a payé des dettes qu'il n'avait pas contractées (Pièces justificatives, n° 4. Compte Gallix), et cautionné à la douane des sommes considérables. S'il n'a pas fait davantage pour eux et pour l'établissement, c'est parce que sa fortune personnelle ne lui en fournissait pas les moyens.

Quant aux paroles fallacieuses, quels conseils leur a-t-il donnés qu'ils aient voulu suivre? quelles craintes leur a-t-il signalées qui ne se soient réalisées? Il leur a dit que s'ils débarquaient du côté du fort ils seraient volés par la garnison, Mansion confesse qu'ils l'ont été. (*Voyez* le Libelle.) Il leur avait signalé Minatitlan comme éminemment malsain; et Mansion avoue que presque tous les colons y ont été malades, et que plusieurs y sont morts. Il les avait engagés à se prémunir contre l'avenir en semant des vivres et en leur offrant ses défrichemens, à cet effet, sans rétribution. Mansion confesse qu'ils n'ont pas voulu les accepter. De quoi se plaignent-ils donc? Quelles sont les paroles fallacieuses qu'il leur a dites? citez-les....

(*Page* 43.) « Il me semble, nous disait un jour M. Pérès, vice – gouverneur de l'État de Vera - Cruz, qu'une fatalité attachée à cette colonie, ait mis à la tête de ces affaires des hommes démoralisés, etc. »

M. Pérès est un homme honorable, que je connais, et qui ne peut avoir tenu un pareil propos. Il suppose une légèreté qui n'est point dans le caractère des Mexicains. Descendans des Espagnols, ils sont trop sobres de paroles et trop bons juges, pour se lancer ainsi devant des hommes sans antécédens connus, et qu'ils ne pouvaient regarder que comme des aventuriers. M. Pérès savait d'ailleurs quelles étaient mes relations au Mexique. Le mot de *démoralisé,* s'il l'a dit, ne peut lui avoir été suggéré que par la conduite de ceux qui, comme le libelliste, ont préféré avoir recours aux secours publics toujours avilissans, plutôt qu'au travail toujours honorable. M. Pérès rend justice à ceux qui se sont établis, et qui n'ont rien sollicité que de la terre qu'ils fertilisent. Leur exemple lui prouve qu'il y a des Français honorables.

(*Même page.*) « Comment se fait-il qu'au moment où M. Giordan abandonnait une terre abreuvée du sang européen, l'autorité, etc. »

Je suis arrivé au Goazacoalco le 1er janvier 1829; j'en suis parti le 25 mai 1830, et dans cet intervalle de dix-huit mois, un seul Indien y est mort. Il n'y avait que deux malades quand le libelliste partit. L'autorité n'avait aucun reproche à me faire, et des colons fussent-ils morts, elle ne pouvait m'en rendre responsable : on meurt partout, au Goazacoalco comme ailleurs. Au reste, je répète que je suis complètement étranger à ce qui s'est passé en Europe. Je n'ai engagé qu'un seul homme à venir me joindre, et des malheurs duquel je sois responsable. Cet homme est M. Michel, qui n'a pas craint de se mettre en route à l'âge de soixante-huit ans, et qui, grâce au ciel, n'est pas mort. Les autres ont été envoyés par M. Laisné de Villevêque, ou y ont été de leur propre mouvement. C'est à eux que l'autorité aura des comptes à demander, selon la conduite qu'ils tiendront pendant leur séjour dans la république. L'autorité connaissait très-bien tout ce qui s'était passé au Goazacoalco ; ses agens l'en avaient informée : lorsqu'elle m'a donné l'autorisation de partir, elle savait que mon départ était nécessaire. Je suis venu remédier à ce qu'elle et moi avons cru être un mal. Si des êtres plus qu'inutiles, puisqu'ils sont méchans, n'étaient pas venus porter le désordre dans la colonie, je n'en serais pas parti dans l'état où j'étais, et j'y serais encore aujourd'hui.

(*Page* 49.) « On ignorait que M. Giordan eût fait la criminelle spéculation de louer toutes les pirogues à 5 piastres l'une, pour les sous-louer à 11 aux colons, etc. etc. »

Les pirogues ont été affrétées par des commissaires nommés *ad hoc*. Je ne suis intervenu dans cette opération que comme interprète et médiateur ; mais, en dernière analyse, j'ai été obligé de payer. Bossan, Arnaud, Gallix, Tisseron, Destrée, Réidé et autres, me doivent encore ce que j'ai avancé pour eux. (Pièces justificatives, n° 7. Procès-Verbal. Compte Arnaud.)

(*Page* 50). « Vous êtes un fou ou un criminel, et nous sommes convaincus que vous êtes l'un et l'autre. Vous avez trompé M. Laisné, qui nous a trompés à son tour. Vous êtes deux coupables dont nous aurons justice ; vous avez déjà une espèce de punition dans le tremblement continuel de tous vos membres : à peine assistez-vous à la vie ; mais vos maux n'effacent point ceux de nos frères mourans, ni de ceux qui sont morts ; ils ne servent qu'à vous accuser à chaque instant et à vous faire ressouvenir des tourmens qu'ils endurent comme vous et par votre faute, etc. etc. »

Il faut que l'espèce humaine soit pétrie d'un singulier limon pour traiter de fou, et, au besoin, donner la mort à ceux qui se dévouent pour elle. Socrate a bu la ciguë, Caton s'est poignardé. Christophe Colomb, après avoir failli être jeté à l'eau par son équipage, est arrivé chargé de fers en Espagne. Guillaume Penn a été obligé de fuir la violence de ses colons. Comme ce dernier, je fonde une colonie en Amérique ; j'y appelle les infortunés qui flottent en Europe entre les privations et la mort ; je me dévoue pour leur en ouvrir le chemin ; je couche dix-huit mois sur des plages désertes ; je défriche des forêts vierges, je dépense ma fortune, j'emprunte, je perds ma santé ; quelques colons arrivent, je les accueille comme de vrais frères ; dans leur enthousiasme, ils m'exaltent ; l'Europe apprend leur joie... Un *Mansion* paraît ! Tout à coup ma sagesse se transforme en folie, mon dévoûment en cupidité, mes sacrifices en crimes, ma maladie en châtiment : ce que je considérais comme une spéculation honorable devient une spéculation infâme ! J'ai gagné sur le change des monnaies ! deux cent cinquante individus, dont quelques-uns fuyaient leurs créanciers qu'ils ne pouvaient payer, deviennent les victimes de ma rapacité et fondent ma fortune !... En vérité, c'est par trop révoltant.

(*Page* 63.) « M. Chedehoux, victime de la cupidité de M. Giordan, etc. »

M. Chedehoux était sans emploi à Paris, et fut au Mexique pour se procurer des moyens d'existence; je le recommandai à mes amis. Plus tard, je le priai de présenter une demande en concession de terre au Texas. A mon arrivée à la Vera-Cruz, je lui écrivis pour savoir où en était cette demande; il me répondit de voir M. Ortis à Jalapa. J'arrivai dans cette ville le 4 juillet 1828; le 5, je vis M. Ortis, qui m'apprit que l'acte qui me concédait trois cents lieues carrées de terre avait été signé le 3. Cet acte, déposé chez Mᵉ Noël, notaire, rue de la Paix, à Paris, porte, qu'en cas de refus de ma part, la concession est reversible à MM. Chedehoux et Delarroche frères. J'ai accepté : dès lors, point de reversibilité. M. Chedehoux ne m'a jamais rien demandé, il ne s'est jamais plaint à moi, et je dois être étonné de le voir associé à un lâche calomniateur.

(*Page* 65.) « M. Giordan a violé ce dépôt sacré (les lettres). Nous n'avons pas encore la permission de citer les personnes qui ont à se plaindre de cette violation; mais nous l'attendons par un courrier prochain, et nous la produirons en temps et lieu, etc. »

Les colons ne m'ont jamais confié leurs lettres pour l'Europe; j'en ai peu reçu pour eux : je n'étais point directeur de la poste. M. Espino-Barros était alors et est probablement encore chargé de cette direction. Le misérable auquel je réponds sait bien quels sont ceux qui interceptent les lettres du Goazacoalco; le certifié véritable de celles qu'il donne comme pièces justificatives à la fin de son libelle l'apprend au public et me l'apprend à moi-même. Je ne pouvais concevoir avant pourquoi je ne recevais aucune lettre de la colonie ; maintenant je le comprends, et je vois celui qui m'enlevait mes lettres à la Vera-Cruz, moi y étant. Mais chaque chose aura son temps et chaque œuvre sa récompense. Toujours les malfaiteurs ne rejetteront pas impunément leurs crimes sur leurs victimes ; un Mansion ne pourra pas toujours deverser son infamie sur moi ; un Godefroy, que j'ai comblé de politesses, que j'ai voulu faire nommer vice-consul au Goazacoalco, ne pourra pas toujours écrire les choses les plus détestables, et un Félicien Carrère ne pourra pas toujours les publier impunément.

(*Page* 68.) « M. Ortis possédait à Minatitlan, etc. (note). »

M. Ortis est consul mexicain à Bordeaux : j'habite Paris. Ses réclamations, s'il en a à me faire, n'ont pas besoin de passer par la bouche de Mansion pour venir jusqu'à moi. Je doute qu'il soit flatté de figurer dans son libelle.

(*Page* 79.) « M. Giordan était connu, etc. »

Fort heureusement pour lui ; voilà pourquoi il faut le diffamer.

(*Page* 81.) « La famille de M. Montrobert, dont nous avons parlé, fut de ce nombre : les talens de cet architecte intéressent M. Carrère. M. Montrobert ne pouvait espérer de sortir de la position fâcheuse où l'avaient réduit les affaires de la colonie que par une direction de grands travaux du gouvernement ou par quelque construction particulière, etc. »

M. Montrobert s'était associé à MM. Gallix et Tisseron en qualité d'architecte. Arrivé au Goazacoalco, il me témoigna le désir de s'attacher à la colonie en qualité d'ingénieur-architecte ; j'envoyai sa demande en France, avec un état des instrumens qui lui étaient nécessaires ; il n'a point été

admis, et la colonie est encore aujourd'hui privée d'un géomètre, qui lui est indispensable. M. Laisné de Villevêque,
qui ne veut reconnaître aucune dépense, ne veut pas parti-
ciper à celle-là. Les différends que M. Montrobert eut à cette
occasion avec ses coassociés le forcèrent de se séparer d'eux
et d'en venir à un réglement. J'ai reçu, à compte de ce qu'ils
me doivent, deux effets de 3oo francs chacun, payables en
France. L'un de ces deux effets a été protesté faute de paiement : je n'ai pas de nouvelles de l'autre, échu le 3ı du mois
passé. (Pièces justificatives, nº 4. Gallix.)

J'ai constamment aidé M. Montrobert : à la Barre, j'étais
intervenu pour une somme de 2,ooo francs, que ses associés
devaient à MM. Rice et Courteville pour vivres à eux ache-
tés, et que le capitaine Fourré était autorisé à faire vendre
par jugement du tribunal de commerce, au profit des ven-
deurs. M. Montrobert a profité de mon obligeance ; car, si
je n'étais pas intervenu, les provisions auraient été vendues.
sur la plage, et lui, son excellente mère, son charmant enfant et sa femme seraient probablement morts de faim. Plus
tard, je transportai gratuitement la plus grande partie de
ses effets depuis le Passo-de-Sanjuan jusqu'à Tlacotalpan ;
enfin, je parlai pour lui à M. le gouverneur de l'État de
Vera-Cruz, qui lui assigna un emploi à Jalapa.

Pour prix de ces bienfaits, M. Montrobert a signé le libelle, et, arrivé à Paris, a peut-être contribué à sa publicité. On m'a assuré qu'il s'était vanté de l'avoir envoyé partout où il savait que j'avais un ami ; et on ose dire que c'est
l'humanité qui dicte cette conduite ! que c'est au nom de la
philanthropie que l'on répand le libelle ! Malheureusement
la philanthropie n'est ni si soigneuse, ni si active à se plain-

dre, ni à accuser ; lorsqu'on la blesse, elle attend sans amer-
tume et sans impatience la justice qui lui est due. La diffa-
mation lacérante et atroce est au contraire toujours pressée
de recueillir les fruits du mal qu'elle fait, parce qu'elle sait
que la vérité l'aura frappée bientôt du stigmate mortel. Per-
suadée qu'elle ne peut exister long-temps, elle se dit : Im-
molons !.....

(*Page* 85.) « M. Giordan, témoin et *victime* des maux qui
ont désolé la côte mexicaine, a plongé et replongé ses mains
dans le sang des malheureux Français, etc. »

La métaphore est atroce. J'ai déjà dit que je n'avais appelé qu'un seul homme au Goazacoalco, et que celui-là, de
retour à Paris, s'y porte bien. J'ai ajouté qu'à mon départ
aucun colon n'était mort, et qu'il n'y avait que deux malades.
Si, après mon départ, il y en a qui aient éprouvé ce triste
sort, c'est parce qu'ils ont, malgré mes conseils, persisté à
demeurer à Minatitlan, que je leur avais signalé comme es-
sentiellement malsain. Pourquoi ne se rendaient-ils pas sur
les terres de la concession ?. . Si, depuis mon arrivée en
France, d'autres Français ont été augmenter le nombre des
infortunés qui ont péri dans ce misérable lieu, c'est parce que
je n'ai pu l'empêcher et qu'eux-mêmes n'ont pas pu faire
autrement. Il est des positions qui dominent tout, et on sait
qu'en France malheureusement tout n'est pas bonheur. Si
j'ai annoncé d'autres expéditions, c'est parce que d'autres
expéditions se préparaient, et qu'il était de mon devoir d'en
instruire les colons et le gouvernement mexicain. Celui-ci,
pour qu'il fît les dispositions convenables ; ceux-là, pour
qu'ils ne perdissent pas espoir. Qu'aurait dit le libelliste si
j'en avais agi autrement ? Il m'aurait accusé d'imprévoyance

d'impéritie, et il aurait eu raison. Dans cette circonstance comme dans toutes les autres, j'ai fait mon devoir, et n'ai rien à me reprocher.

(*Page* 88.) « Quant au climat, l'expérience apprend que les Européens ne vont pas impunément habiter les pays désolés par les fléaux, quand les naturels mêmes succombent, quand les hommes habitués au climat des tropiques y meurent en trois semaines, etc. »

Malgré ce que l'expérience apprend du climat du Mexique, les Européens, forcés de pourvoir à leur existence, bravent tout et se rendent à la Vera-Cruz, à la Nouvelle-Orléans et dans d'autres lieux plus malsains encore. Ils obéissent à une loi de la nature qui les force de fuir un mal présent et certain pour un mal plus grand peut-être, mais incertain et éloigné. Vous qui me blâmez avec tant de véhémence de leur avoir offert un débouché nouveau sur une terre qu'ils n'ont pas même vue, pourquoi n'avez-vous pas imité mon dévoûment à leur offrir des moyens d'existence ? La terre ne manque pas en Europe et surtout en France. Il fallait la demander pour eux et la leur distribuer : alors ils n'auraient pas été obligés d'aller braver l'influence meurtrière des climats étrangers. Avec la masse de lumières et la puissance d'éloquence que vous vous supposez, vous auriez obtenu cet heureux résultat. Des milliers d'individus qui flottent sans avenir au milieu des populations qu'ils troublent de leurs clameurs nécessiteuses et de leur effrayante misère, n'assiégeraient pas aujourd'hui ma demeure pour me supplier de prendre pitié d'eux, et de les faire parvenir sur cette terre que vous calomniez, et sur laquelle ils se rendront enfin malgré vous. Heureux du bonheur que vous leur auriez

procuré dans leurs foyers, ils vous combleraient de béné-
dictions, et la patrie reconnaissante vous élèverait les statues
que vous lui demandez. Au lieu de cette mission de gloire
que la philanthropie vous présentait, vous avez mieux aimé
prendre le chemin de l'infamie qui vous a été offert par vos
malheureux penchans. Vous avez calomnié une opération
que vous n'avez pas comprise ; vous avez diffamé un homme
que vous comprenez encore moins ; vous avez déplacé une
quantité d'individus qui auraient été heureux en travaillant,
et qui, comme vous, ont mendié leur pain. Vous avez jeté
l'hésitation dans l'esprit de ceux que le besoin tourmente,
et qu'une mort plus prompte et plus certaine que celle qu'ils
trouveraient sur la terre étrangère enlève à leur famille et à
leurs amis. Vous avez mérité l'animadversion des hommes
de bien et peut-être les malédictions de votre pays.

Ici finit la série des imputations dirigées contre moi ; j'espère avoir prouvé d'une manière irrécusable que ces imputations sont fausses et calomnieuses, et qu'Hippolyte Mansion
est un libelliste effronté. S'il existait quelques doutes à cet
égard, les pièces justificatives les lèveraient, et je prie les lec-
teurs qui me portent assez d'intérêt pour parcourir cette réponse de les consulter. Maintenant il me reste à démontrer
que je ne pouvais pas me rendre coupable des fautes qu'il
m'impute, et que cette cupidité dont il me suppose empreint,
je n'aurais pu l'exercer. En effet, la cupidité est prévoyante ;
elle opère lentement pour opérer long-temps. Dès lors comment peut-il dire que j'aie refusé d'aller au-devant de ceux
qui devaient l'alimenter ? Je n'étais donc pas cupide, puisque je voyais leur arrivée avec déplaisir, puisque je préfé-
rais la solitude dans laquelle je vivais, à la société qu'ils ve-

naient m'offrir ! Mais Mansion , s'il est calomniateur impu-
dent, n'est pas logicien habile.

Un négociant, sans être cupide, quitte toutes les affaires
qui pourraient le retenir, vole au-devant des navires qui lui
arrivent, par cela seul qu'il les attend ; et moi que nulle affaire ne retenait, ou, pour mieux dire, qui n'avais que cette
affaire unique, je refuse obstinément pendant trois jours de
me rendre aux vœux de colons que j'attends depuis treize
mois !!... Cela n'était pas possible : treize mois d'attente
avaient trop aiguisé mon impatience pour me permettre
cette longue impassibilité. Je devais m'empresser, comme
je le fis, d'aller au-devant d'eux ; je devais les accueillir avec
bienveillance, je devais leur prodiguer mes soins, je devais
mériter leur confiance, je devais faire enfin tous mes efforts
pour leur faire oublier les malheurs qu'ils venaient d'éprouver, et empêcher que le dégoût et l'abattement ne s'empa-
rassent d'eux. L'aspect des navires échoués , et celui des
dunes inhospitalières sur lesquelles ils erraient, rendaient
ma tâche difficile, mais ne me découragèrent pas. Les acclamations avec lesquelles ils m'élurent président en donnent
la preuve irrécusable.

Après cette première invraisemblance, Hippolyte Mansion
dit que j'ai gagné sur l'affrètement des pirogues, sur la table
d'hôte, sur le change des monnaies, et que j'ai violé le dépôt
des lettres ! Quoi ! je ne veux pas aller au-devant des colons,
et aussitôt que je les tiens, je m'empare de leur argent et saisis leur correspondance. Eh ! ces actes d'infamie, je les com-
mets !... Où ?... dans quelle position ?... Dans le désert, étant
seul, et eux deux cent cinquante !!... Il faut convenir que je
dois avoir un courage bien extraordinaire, pour oser braver

ainsi l'indignation que ne pouvaient manquer d'éprouver deux cent cinquante personnes, lorsqu'elles apprendraient mes révoltans méfaits, ou que je devais être doté d'une dose remarquable de stupidité, pour ne pas prévoir que je deviendrais victime de leur vengeance aussitôt que, par une cause quelconque, leur juste indignation éclaterait. Je n'ai été ni stupide, ni téméraire : mon intérêt bien entendu, d'accord avec mon caractère, devait me suggérer une autre conduite. Je devais aider les colons et m'unir à eux ; je le fis. Il ne s'agissait pas de les dépouiller et de les trahir, il fallait les établir et les éclairer ; il ne s'agissait pas de se créer des bénéfices frauduleux et passagers dans le présent, il fallait s'assurer des avantages honorables et permanens dans l'avenir. Pour obtenir ces résultats, il fallait absolument être honnête homme. J'ose dire que je fus aussi généreux. La seule preuve que j'en donnerai, parce qu'elle est irréfragable, c'est mon refus constant de ratifier aucune des sous-concessions que M. Laisné de Villevêque avait faites à titre onéreux.

Pour réduire à leur juste valeur toutes ces accusations de cupidité et de lucre, il suffit, au reste, de savoir à combien s'élevaient les sommes mises en circulation par les colons. Ce travail ne sera pas difficile. Le capitaine Fourré m'a assuré n'avoir échangé que deux cent quarante-neuf pièces de 5 francs, c'est-à-dire 1245 francs ; ajoutons à cette somme 600 francs qu'ils pouvaient avoir en argent mexicain, et nous verrons que la masse des richesses numéraires des colons des deux premiers convois s'élevait au chiffre de 1845 francs. Eh ! c'est sur cette misérable somme que ma prétendue cupidité devait s'assouvir ! Il faut que Mansion ait bien compté sur la crédulité publique, et sur notre malheureuse disposition à accueillir la malveillance, pour avoir osé écrire et imprimer de pareilles absurdités. (*Voir* Pièces justificatives, n° 9.)

Il est constant qu'il n'ignorait pas tous les sacrifices que la première expédition m'avait coûtés : la plus grande partie de mes moyens avait été absorbée par elle, et ne m'était pas rentrée lorsque la deuxième expédition arriva : dès lors il est évident que je ne pouvais faire pour celle-ci ce que j'a-vais fait pour l'autre. Si un esprit de justice eût présidé aux observations d'Hippolyte Mansion, il aurait tenu compte de la différence de ces circonstances, et les aurait rendues res-ponsables des conséquences qu'elles ont produites; mais il fallait, à quelque prix que ce fût, diffamer un homme auquel on n'avait rien à reprocher, et décrier une concession qu'on n'a jamais voulu aller voir; il fallait faire tomber une entreprise qui pouvait avoir d'heureux résultats et lier plus intimement le Mexique et la France; il fallait empêcher que le commerce ne prît une route plus sûre, et que la Vera-Cruz ne perdît son importance. C'est là le but compliqué du Libelle, et provisoirement il l'a atteint.

Je dis provisoirement, parce que la colonisation du Goaza-coalco, et ses heureuses conséquences, ne peuvent être que suspendues, et non abandonnées. Un jour viendra où le pu-blic, revenu des fausses impressions qui lui ont été données, appuiera cette opération, et y concourra en s'y associant. Ce jour ne peut être éloigné; pour le hâter, il suffira de lui faire connaître les vraies causes de la non réussite de nos tentatives, et de lui présenter un plan plus régulier, plus approfondi et mieux adapté au temps, aux gens et aux lieux.

Si Mansion eût eu quelque élévation dans l'âme et quelques prévisions dans la tête, il n'aurait pas manqué de se livrer à ce travail honorable : malheureusement il est né pour diffamer.

Ce que Mansion n'a pas fait, ce que d'ailleurs il n'était pas appelé à faire, je vais l'entreprendre, non avec le talent que la matière demande, je n'ai pas le bonheur de le posséder, mais avec le dévoûment qui lui est nécessaire, et que je lui ai éminemment consacré.

Les causes qui ont fait échouer la colonisation du Goazacoalco sont toutes dans le système qui a été adopté par M. Laisné de Villevêque, qui, ébloui par l'importance de la coopération à laquelle il avait été admis, n'a pensé qu'à lui et à ses fils : il a voulu fonder son avenir et le leur sans qu'il lui en coûtât une obole dans le présent. Ce principe parcimonieux et avide lui a suggéré le système des sous-concessions à rentes. En conséquence, il a offert des terres à ceux qui ont voulu en prendre, aux seules conditions qu'ils se mettraient en son lieu et place pour l'exécution des obligations qui nous étaient imposées, et qu'ils nous paieraient, après trois ans de jouissance gratuite, une rente progressive, rachetable au capital qu'elle représentait, à raison de 5 p. o/o.

Les conséquences de ce fameux système étaient de livrer le sort de la colonie à des hommes avides, et d'y fonder l'égoïsme, l'esclavage et la révolte, par un moyen qu'un journaliste a justement qualifié de *traite des blancs*. En effet, les sous-concessionnaires, séduits par l'importance des terres qui leur étaient cédées, se figurant déjà être les grands tenanciers de la république, s'empressèrent de conclure avec

M. Laisné de Villevêque des traités auxquels mon éloigne-
ment ne me permettait pas de concourir, et que, sous le
rapport des rentes, je n'ai jamais voulu ratifier. Ces traités
conclus, les sous-concessionnaires louèrent, aux modiques
gages de l'Europe, les ouvriers qu'ils se proposaient de transporter sur leurs terres, et de les y faire travailler pour eux
seuls, en conservant une action directe sur leurs personnes au
moyen d'engagemens écrits. Les ouvriers, de leur côté, sa-
chant bien que l'Amérique est le pays de la fortune, se hâ-
tèrent d'accepter des conditions qu'ils n'avaient pas l'intention de tenir. Cette double combinaison, faite par la cupidité d'une part, et la mauvaise foi de l'autre, devait avoir la
dispersion pour résultat immédiat : elle eut lieu.

Aussitôt après leur arrivée, les ouvriers prétextèrent des
infirmités qu'ils n'avaient pas, pour se soustraire au travail
qu'on exigeait d'eux, et devinrent insolens pour se faire
chasser. Les maîtres, dont ils avaient consommé les produc-
tions sans utilité, qu'ils avaient outragés de la manière la
plus répréhensible, les chassèrent enfin, et restèrent seuls.
Comme ils n'étaient pas accoutumés au travail de la terre,
et qu'aucune de leurs habitudes ne les y portait, ils consom-
mèrent le reste des provisions qu'ils avaient apportées, et
se dispersèrent en maudissant le Goazacoalco qui avait vu
leur ruine, et en vouant à l'exécration celui qui les y avait
envoyés.

Au temps où nous sommes, avec les connaissances que
nous possédons, sous l'empire des tendances sociales qui
nous pressent de toutes parts, une colonisation n'est possible
que par l'association du travail, des capitaux et des lumières ;
par une juste combinaison de ces élémens considérés comme

source de toute production, et encore par une équitable répartition des produits résultant de leur action combinée.
C'est sur la nécessité de cette association nouvelle et de cette
répartition équitable qu'est basé le système de colonisation
que j'ai proposé à M. de Villevêque, et dont il n'a pas daigné
m'accuser réception.

Par ce système, dans le mécanisme duquel je n'entrerai
pas à présent, un entrepôt devait être établi à la Barre
du Goazacoalco sur l'océan Atlantique, un autre près de
Tehuantepec sur l'océan Pacifique, un troisième sur le centre de l'ithsme au confluent du Sarabia. Un double cabo-
tage des côtes *est* et *ouest* de l'Amérique ayant pour centre
les deux entrepôts littoraux, était destiné à porter aux diverses populations de ce vaste continent les marchandises
et denrées d'Europe déposées dans ces entrepôts, et y rap-
porter les produits divers reçus en échange. Ce commerce
aurait eu pour résultat nécessaire de lier entre eux des peuples qui s'ignorent encore, d'introduire parmi eux le goût
des objets de nos fabriques, et de les attacher aux habitudes
européennes.

Une direction générale ayant au moins deux agens, *un* en
Europe et l'autre au Mexique, devait être créée, et une
compagnie ayant un capital déterminé suffisant, devait être
fondée en Europe. Des bateaux à vapeur envoyés au Goazacoalco auraient servi au transport des marchandises depuis
l'embouchure de ce fleuve jusqu'à Sarabia; un chemin de
fer aurait été construit depuis Sarabia jusqu'à un port près
de Tehuantepec : un service provisoire, à dos de mulets,
aurait été organisé sur un point près de Guichicovi, au sein

de l'entrepôt central. De cette manière une cargaison aurait pu traverser l'ithsme de Tehuantepec et arriver de l'une à l'autre côte en moins de huit jours ; par ce moyen le commerce évitait les dangers de la navigation autour du cap Horn , épargnait quatre mois de temps, les intérêts de mises dehors, les frais d'assurances , et gagnait la différence des prix des marchandises rendues plus fraîches aux lieux de leur consommation.

Pour mettre ce projet à exécution , un capital de dix millions de francs aurait été nécessaire ; il aurait été formé par cinq millions d'actions territoriales et par cinq millions d'actions monétaires ; une loi de transit et un péage aurait été obtenu du gouvernement mexicain.

D'après ce système, que je crois le seul convenable et le seul exécutable aujourd'hui, à cause de nos tendances sociétaires et des besoins généraux, l'égoïsme civilisé aurait fait place à la fraternité sociale ; le mensonge commercial aurait fui devant la vérité industrielle, la duplicité aurait disparu des relations amicales, la licence ne serait plus dans la famille, l'hypocrisie dans la religion, l'oppression dans le gouvernement, la révolte dans les sujets , et la vraie science politique aurait peut-être surgi.

Que tels auraient pu être les résultats de la mise en pratique du plan de colonisation dont j'avais tracé les bases est une vérité que constate la seule description de la société telle qu'elle est faite. Nul ne conteste que l'égoïsme ne régisse la plupart de nos actions et de nos pensées ; que le mensonge ne préside à presque toutes nos spéculations ; que la duplicité ne souille nos relations ; le désordre, la famille ;

et que l'oppression et la révolte ne soient incessamment aux prises.

Six mille ans d'histoire, les législations des divers peuples de la terre attestent également, et avec une même force, l'organisation désastreuse de la société civilisée. La lutte que depuis quarante ans les rois soutiennent contre les peuples en Europe et en Amérique; les écrits violens que les parties belligérantes publient l'une contre l'autre, les accusations populaires, les allégations despotiques ne les attestent pas moins.

S'il est vrai que l'état dans lequel le monde se trouve engagé produit de pareilles conséquences, est-il donc déraisonnable de chercher à le modifier, à le changer? Je ne le crois pas; car, si cela était, la société toute entière, dont l'instinct la porte à son insu, et presque malgré elle, à sortir de cet état en fondant partout des établissemens de prévoyance et de philanthropie, serait elle-même déraisonnable. Le procès serait fait à tout ce que le monde renferme d'hommes sages, et ce Dieu plein de bonté qui nous envoya son fils pour nous arracher à la barbarie dans laquelle nous croupissions, en nous enseignant sa morale conciliatrice, serait condamné. L'humanité toute entière serait forcée de languir à jamais dans son ignorance, et de traîner éternellement dans la boue et dans le sang les fers que ses préjugés lui imposent. Tout espoir de procurer plus de bien-être au public serait anéanti, et la perfectibilité humaine détruite sans retour.

Heureusement il n'en est point ainsi; il n'y a pas de folie à se dévouer pour ses semblables. Il sera toujours glorieux pour la sagesse de tenter le développement de la perfectibi-

lité humaine, et de chercher à concilier les intérèts des individus et des masses; et le Dieu dont le fils est venu nous
enseigner le bonheur, nous apprendre à oublier nos animo-
sités sanglantes, nous recommander de nous traiter en frères,
est, et sera toujours universellement adoré.

FIN

PIÈCES JUSTIFICATIVES.

N° 1.

Procès-Verbal.

Extrait du registre des délibérations des colons du navire
L'AMÉRIQUE.

Séance du 1er février 1830, tenue à Terre-Neuve, à l'embouchure du Goazacoalco. Présidence de M. Bremont en présence de M. Giordan, etc.

Le temps de la présidence étant expiré, on procède à de nouvelles élections. M. Giordan est nommé président par acclamations, et MM. Bremont et Bossan sont nommés à la majorité absolue vice-présidens et commissaires. On s'occupe des moyens de transport du personnel et des bagages sur le lieu des concessions; M. Giordan veut bien se charger du frêt des pirogues, secondé par les deux commissaires. M. Augros est continué dans ses fonctions de secrétaire.

Signé, BOSSAN, DROZ et compagnie, TISSERON fils, A. GALLIX, BREMONT, BOSSAN, REYDET, DESTRÉE fils, AUGROS, ARNAUD, BOURGEOIS.

N° 2.

COPIE DU COMPTE DE M. BREMONT.

Minatitlan, le 20 février 1830.

Doit M. Bremont (Pierre) à M. Giordan, directeur de la compagnie.

Février		fr.	cent.
du 3 au 19.	Douze personnes formant douze jours et demi, à 83 centimes par jour. . . .	10	37
19	A madame Giordan.	5	.
20	Vingt - cinq riz.	7	50
	Chandelles.	5	
		27	87
	Deux pirogues à 11 piastres 1/2.	115	
20	Déjeûners de deux personnes.	1	63
		144	50

Sur laquelle somme de 144 fr. 50 c. j'ai donné une once mexicaine, une piastre, quatre pièces de deux piastres colombiennes, et quatre pièces de cinq francs françaises (145 fr.)

Signé, F. BREMONT.

N° 3.

Reçu de MM. Burgos et Rabouin, n° 3.

Nous soussignés Bernard Burgos et Narcisse Rabouin, commissaires de la société Droz et compagnie, reconnaissons avoir reçu de madame Giordan vingt piastres en échange de vingt pièces de cinq francs de France, dont nous lui tiendrons compte pour la différence [1].

A Baramolieelan, le 21 février 1829.

Signe, Rabouin et Burgos.

N° 4.

Nous soussignés déclarons remettre les articles mentionnés ci-dessus à M. Giordan, pour être par lui vendus au mieux de nos intérêts, excepté néanmoins les articles ainsi désignés, qui doivent être gardés en dépôt ou nantissement, pour être par nous retirés contre espèces; le tout est remis audit M. Giordan, tant pour le couvrir d'un paiement de 1983 fr. 90 cent. qu'il a présentement fait pour notre compte à M. Fourré, capitaine de commerce du Hâvre, représentant ici MM. Rice et Courteville, premiers créanciers, pour lesquels il donne quittance, que pour frais divers à régler entre nous; et comme il est probable que les objets à vendre ne couvriront pas lesdites avances que M. Giordan nous fait pour loyer de pirogues, vivres et autres objets, nous nous engageons tous solidairement les uns pour les autres à le couvrir des premiers produits de l'exploitation de la concession qui nous a été faite.

Minatitlan, le 16 mars 1830.

Signé, Tisseron fils, Destres fils,
C. Gallix.

Nota. Parmi les articles dont est question dans la présente reconnaissance, se trouvent deux effets Montrobert de 300 francs

[1] Différence de la monnaie française à la monnaie espagnole. Les piastres valent 5 fr. 40 cent., et la pièce de France 5 fr.

chacun, dont un au 3ɪ janvier dernier, et l'autre au 3ɪ juillet courant. (Le premier n'a pas été payé ; j'ignore si le second l'est.)

N° 5.

Extrait traduit d'une lettre adressée au consul général de Prusse par un de ses compatriotes, en date du 6 octobre 1830.

Il y a quelques jours que je suis de retour d'un voyage au Goaza-coalco. Peut-être lirez-vous avec quelque intérêt les observations que j'ai été à même de faire sur la colonie française qu'on y a voulu établir. Les colons amenés par les deux premiers bâtimens, naufragés sur la Barre, se trouvent en très-petit nombre, et dans un état de dénûment affreux, au village de Minatitlan, situé à huit lieues au-dessus de l'embouchure du fleuve. Tous sont malades et souffrans, soit des fièvres endémiques, soit de véritables blessures causées par les morsures d'insectes et de vermine de toute espèce, dont le pays abonde. Ils se trouvent sans argent et presque sans vivres, réduits au faible reste des approvisionnemens qui ont pu être sauvés des navires chavirés, avec quelques instrumens d'agriculture et de métiers fort inutiles dans leur position actuelle.

Pour surcroît de malheur, l'état moral de ces infortunés est peu assorti à leur situation. Au lieu d'une véritable et utile activité, ils se repaissent de chimères de toute espèce, se croyant appelés à régénérer le Mexique, et déclamant sur les abus du gouvernement et les défauts de la constitution avec autant de déraison que de fatuité. On paraît avoir assez mal choisi ces gens. Ce ne sont pas des agriculteurs ou des artisans habiles, pas même des hommes rompus à un travail dur et assidu, du genre qu'il faudrait ici : la grande majorité est composée de *banquerouteurs*, de soldats licenciés, des commis renvoyés, de sujets d'une réputation plus ou moins équivoque. Ils parcourent les environs, et partout on rencontre des traces peu satisfaisantes de leur présence. Les Mexicains, en général, les reçoivent bien, mais trop souvent se voient payés d'ingratitude. Plusieurs fermiers, hommes de bien et aisés, s'en sont plaints à moi. Après leur avoir donné du travail et fait des avances, ils ont disparu pour chercher fortune ailleurs. Il y en a qui se prévalent de leurs relations franc-maçonnes, si justement décriées et proscrites sous le gouvernement actuel du Mexique, pour y fonder les espérances les plus ridicules. J'ai vu un soi-disant peintre, espèce de mauvais barbouilleur d'enseignes de cabaret, qui ne doutait point qu'à l'appui desdites relations, il ne parvînt à être nommé professeur à l'Académie des beaux-arts du Mexique. Enfin, c'est un rassemblage de vagabonds peu estimables, mauvaises têtes, sans mœurs, incapables de discipline, dépourvus de tout ce qu'il faudrait pour la réussite de l'entreprise.

La troisième expédition vient d'arriver, et cette fois-ci, au moins, la Barre a été passée et le débarquement s'est opéré sans accident. Quelques-uns des nouveaux venus ont paru à Minatitlan sans donner d'eux meilleure opinion qu'on avait de ceux qui les ont précédés. Le reste s'est adressé au congrès de l'État de Vera - Cruz pour demander des secours en argent et bétail, des frais de transport pour aller à Sarabia et des habitations à leur donner, ou construire *gratis* dans cet endroit. J'apprends à mon retour que le congrès a refusé leur demande, et il a bien fait. Pendant que les secours auraient duré, on n'aurait parlé que colonisation et projets magnifiques de toute espèce; après, on se serait débandé pour courir le pays.

Cela me paraît bien une entreprise manquée, et c'est dommage! mais elle pèche surtout par cette partie de sa base qui regarde le moral des hommes choisis pour l'établir par des travaux qu'ils n'entendent pas, et par une bonne conduite, une tempérance et une persévérance, dont, en général, ils paraissent incapables, etc.

N° 6.

Notes pour servir d'instruction aux personnes qui désirent se rendre au Goazacoalco.

Les colons ne doivent partir que sur des navires calant dix pieds d'eau, onze pieds au plus. Dans les basses marées et dans la saison de la sécheresse, il n'y a que douze pieds d'eau sur la Barre du Goazacoalco. Dans la saison des pluies, il peut y en avoir jusqu'à quinze pieds [1]; mais la prudence veut qu'on ne s'aventure pas, et qu'on n'expose pas les navires et les hommes sans nécessité.

La Barre est fixe et courte; elle n'a qu'un saut : elle est cependant coupée au milieu de sa longueur par un petit banc, sur lequel il y a deux pieds d'eau de moins que dans les canaux qu'il forme. Le canal du nord est le plus large et le plus profond. On reconnaît les canaux, quand la mer brise, par les deux intervalles nord et sud où elle ne brise pas [2].

Aussitôt que le navire a passé le saut, il est en sûreté; mais il ne faut carguer les voiles qu'au mouillage, qui est à trois encâblures de là, surtout en entrant de Juzan. Le mouillage est sûr, on y est comme dans un bassin. On mouille par 28, 30 et 35 pieds d'eau. Le fleuve conserve cette profondeur jusqu'auprès d'Hidalgotitlan, à douze lieues de l'embouchure. Tout navire peut donc

[1] Les calques fournis par le gouvernement mexicain, jusqu'à présent, sont inexacts pour la plupart.

[2] Le gouvernement vient de placer don Antonio Gonzalès, ancien capitaine de port à Alvarado, comme pilote supérieur à la Barre. C'est un homme intelligent, parlant bien l'anglais et l'espagnol, et passablement le français.

Le nommé Frédéric Andrets a été aussi placé en qualité de pilote à la Barre. Ce marin, qui a été reçu capitaine au long cours à Hambourg, parle français, anglais et allemand.

remonter jusque là avec un vent favorable, c'est-à-dire avec des vents de la partie du nord.

L'entrée du fleuve est d'à peu près un mille de large ; et sa largeur jusqu'à Hidalgotitlan est d'environ cinq cents mètres.

Chaque colon doit avoir au moins pour six mois de vivres, par la raison qu'il lui faut deux mois pour s'installer, défricher, nettoyer le terrain et semer, et quatre mois pour récolter. On sème dans toutes les saisons, mais plus particulièrement aussitôt que les pluies commencent et aussitôt qu'elles finissent : c'est à cette dernière époque que l'on sème les melons et les pastèques, qui y sont délicieux. On a des haricots bons à manger dans quarante-cinq jours : au bout de soixante jours, on peut commencer à manger le maïs, mais il n'est parfaitement mûr qu'au bout de trois mois et demi.

Chaque colon doit être muni d'un moustiquaire, dont on leur fera voir le modèle, à cause des moustiques qui ne manqueraient pas de l'incommoder pendant la nuit, et dont le Goazacoalco abonde, comme tous les pays chauds, humides, boisés et non défrichés. Il y en a de trois espèces : l'un, que les gens du pays nomment *chaquista*, et qui sort des sables : on ne le trouve qu'à la Barre et à quelques lieues de là ; il est très-petit, et ressemble au petit moucheron qui sort des cuves pendant la fermentation du vin. Le second, que l'on nomme *rodador*, est un peu plus gros, et pique par succion : on le trouve dans la partie haute du fleuve, vers *Sarabia*. Le troisième est celui que nous connaissons sous le nom de *cousin* : on le nomme *sancudo* : on le trouve sur toutes les parties du fleuve.

Ces trois espèces de moustiques sont les plus grands ennemis que les colons rencontreront au Goazacoalco ; mais qu'ils se consolent, il les dissiperont en défrichant et en nettoyant le terrain : d'ailleurs tous les Indiens qui habitent les bords du fleuve, et qui sont toujours à demi nus, y résistent parfaitement. Le meilleur remède contre les piqûres de ces insectes est de ne pas s'en occuper. L'eau-de-vie camphrée ou l'alcali font disparaître en un mo ment la démangeaison que leurs piqûres causent.

Quant aux tigres, aux serpens et aux scorpions, qu'on rencontre en petit nombre, les Indiens ne s'en épouvantent nullement ; ceux qui sont piqués par ces derniers animaux (ce qui est extrêmement rare) prennent une décoction de *goaco*, plante fort abondante dans le pays, et ils sont guéris.

Au reste, les colons doivent faire attention, et ne pas attribuer au pays ce qui serait l'effet de leur imprudence, car il y a des serpens et des scorpions dans toutes les parties du monde.

Les caïmans ne dévorent que les ivrognes qui se laissent tomber dans le fleuve, et qui s'y noient. Les nommés Friand, Français, et Esteva, Indien, ont éprouvé ce malheur, mais bien par leur faute. Dans les mêmes circonstances ils se seraient noyés partout, et partout ils auraient été mangés par des poissons. Ce sont les deux seuls événemens malheureux qui aient eu lieu au Goazacoalco pendant dix-huit mois, où cependant les Indiens se baignent au moins trois fois par jour.

Les colons doivent aussi se munir de blouses en toile grise, de grands pantalons à coulisse, de souliers légers, de guêtres, et d'un chapeau de paille de six pouces de bord. On demande des souliers légers, parce qu'ils sont plus faciles à porter, et parce que les gros souliers fatiguent, font enfler le pied, et l'écorchent. Ils doivent aussi emporter des sabots légers, parce que la chose, dont les Européens doivent le plus se garer, c'est l'humidité aux pieds. Leur couche sera composée d'un matelas de mousse, de crin ou paille de maïs, de draps de toile et d'une couverture de laine. (Le bois de lit se fait sur les lieux.)

Ils auront un fusil de trente-six à quarante pouces de long, et un sabre-briquet. La longueur du canon du fusil est indispensable à cause de la hauteur des arbres, et le briquet par la nécessité de remplacer la baïonnette. Le sabre est le seul instrument aratoire dont les Indiens se servent dans le pays. Les Européens seront sans doute étonnés de l'usage qu'ils font de cet instrument; mais la culture est encore chez eux dans l'enfance. Les colons se muniront aussi de bêches, de pioches, et généralement de tous les instrumens aratoires, nécessaires aux cultures qu'ils se proposent d'établir.

Ils apporteront de la poudre, du plomb, des graines potagères, quelques ustensiles de cuisine, de la faïencerie, de la verroterie, fil, aiguilles, et autres petits objets de ménage. Au Goazacoalco on trouve peu à acheter en ce genre : ce que l'on oublie cause des privations; les privations amènent le dégoût, et celui-ci la nostalgie, ou regret du pays, dont il faut bien se garder.

Les artisans qu'on peut introduire avec avantage, dans le moment actuel, sont des charpentiers, charrons, forgerons, taillandiers, tanneurs et scieurs de long. Quelques appareils pour la fabrication de la potasse feraient fort bien. Une personne qui se destinerait à la fabrication du camphre y réussirait, le cannelier y étant abondant. Une distillerie y opérerait aussi avantageusement.

Les cultures les plus lucratives sont celles de l'indigo, du sucre, du café, du cacao, de la vanille, du tabac, du coton, du mûrier, de la vigne, de l'olivier, du chanvre, etc.

Les personnes qui se disposent à aller au Goazacoalco, feront bien de se munir des traités de ces cultures et des objets qui leur sont propres. La première de leurs exploitations est celle des bois précieux qui sont très-abondans et très-variés, ainsi que des bois de construction.

Les bestiaux sont très-communs : les bœufs, taureaux et vaches coûtent de 35 à 70 francs, selon qu'on les achète en plus ou moins grande quantité. On paie les chevaux et les mulets de 70 à 100 francs. Il n'y a encore que peu de moutons et chèvres dans la colonie, mais on en trouve abondamment à Guichicovi. Les cochons et les volailles pullulent.

MM. les colons devraient s'entendre pour avoir un médecin,
un pharmacien, un chirurgien, une pharmacie et un prêtre muni
des objets propres au culte. Le prêtre est indispensable, tant
pour administrer les secours spirituels, que pour attirer les Indiens,
qui sont nécessaires pour faire connaître la nature des bois, les
modes de culture, les remèdes usités ; indiquer les routes, apporter les vivres, et être employés dans les ménages. Les Indiens sont
sobres, pacifiques, dociles, soumis, robustes, gais, ne jurant jamais, ne se plaignant jamais, et parfaitement satisfaits avec un
petit verre d'eau-de-vie. Les Espagnols ne les ont pas gâtés. On
paie les Indiens 25 sous par jour, et on les nourrit ; 36 sous sans
les nourrir, et par mois, depuis 15 jusqu'à 50 francs.

Un pharmacien, s'il est bon chimiste, trouvera sur les lieux sa
pharmacie et celle de beaucoup d'autres. MM. les colons devraient
s'entendre aussi pour avoir un bateau à vapeur pour le service du
fleuve et des embranchemens navigables. Les principaux concessionnaires ont obtenu la promesse formelle du gouvernement,
qu'aussitôt qu'il y aura un noyau de colonie suffisant, il rendrait
une loi de transit, au moyen de laquelle toutes les marchandises
d'Asie et d'Europe pourraient passer par l'isthme, sans autre droit
que celui de 2 pour 0/0. Lesdits concessionnaires sont autorisés à ouvrir tous les chemins et canaux qu'ils croiront utiles à la prospérité
de la colonie, et à celle du commerce. Ces deux objets, considérés
comme élémens de prospérité, doivent attirer sur le Goazacoalco
des populations considérables, et procurer d'immenses bénéfices.

Les colons, quels qu'ils soient, chefs ou subordonnés, doivent
passer des contrats entre eux, les bien cimenter, et stipuler toutes
les conditions qu'ils croiront utiles à leurs intérêts. Les art. 7, 8
et 9 de la loi de colonisation, dont nous donnons ici la traduction,
renferment leurs garanties à cet égard.

Art. 7. « Cette loi garantit pour vingt ans les contrats que les
» entrepreneurs feront avec leurs colons, relativement à la quantité,

» qualité et termes de rémunération pour les dépenses et avances
» faites par lesdits entrepreneurs, au profit de l'établissement des
» colons. »

Art. 8. « En conséquence, toutes conventions entre ceux-ci et
» ceux-là auront force obligatoire pour les uns et pour les autres,
» pendant l'espace desdits vingt ans, et les tribunaux jugeront en
» conséquence desdites conventions, et conformément aux lois de
» l'État, toutes les plaintes qui leur seront portées. »

Art. 9. « Après le terme de vingt ans, qui comptera du jour de
» l'introduction des familles sur le territoire mexicain, les colons
» seront libérés de tous engagemens avec les entrepreneurs, rela-
» tivement au travail. »

Quant aux franchises accordées aux colons, les art. 15 et 21 s'ex-
priment comme suit :

Art. 15. « Les nouveaux habitans sont exempts pendant dix
» ans de toutes les contributions, excepté celle du papier tim-
» bré et des taxes municipales qu'eux-mêmes jugeront à propos
» d'établir. »

Art. 21. « On soumettra à l'approbation du congrès général l'ar-
» ticle suivant : Les nouveaux habitans du territoire de l'État de
» Vera-Cruz seront exempts pendant sept ans, qui compteront du
» jour de leur établissement, des droits d'importation des objets
» étrangers, qu'ils introduiront pour leur consommation et usage,
» quand même parmi ces objets il y en aurait de prohibés. »

La vérité veut que l'on dise que cet article n'avait pas encore
été sanctionné le 25 mai dernier, époque à laquelle M. Giordan
quitta la colonie [1] pour se rendre à Xalapa, où il obtint du gouver-

---

[1] M. Giordan, appelé en France pour des affaires de la colonie, a
nommé son fondé de pouvoirs au Goazacoalco M. Joseph Oulliber, dont
il avait su apprécier les connaissances, la prudence et l'intégrité.
M. Oulliber, qui est un Français, intéressé lui-même dans la colonie,
aura, pendant l'absence de M. Giordan, tous les égards possibles pour

neur de l'État de Vera - Cruz une permission pour se rendre à Paris; mais il est vrai aussi d'ajouter que les objets que les colons avaient apportés, après avoir été retenus quelques jours par la douane, leur ont été rendus. Il ne faut pas pourtant laisser ignorer qu'en introduisant au Goazacoalco une grande quantité de marchandises qui ressemblerait à une spéculation dont on voudrait frustrer les droits, on s'exposerait à les voir saisir.

Voilà un précis des instructions que les principaux concessionnaires croient devoir porter à la connaissance du public, afin qu'à l'avenir on ne puisse pas les accuser d'avoir négligé de l'éclairer, et pour dissiper, autant qu'il est en eux, et d'avance, les impressions fâcheuses que des hommes de la trempe du sieur Dubouchet seraient tentés de lui causer [1].

les nouveaux arrivans, qu'il s'empressera de placer sur leurs concessions respectives, et auxquels il donnera toutes les instructions qu'il croira utiles à leur prospérité. M. Giordan retournera sous peu de temps au Goazacoalco.

[1] Le sieur Dubouchet arriva au Goazacoalco en amateur : il n'avait point contracté avec nous ni avec aucun sous-concessionnaire. Pendant la traversée il s'agrégea, pour obtenir sa nourriture, tantôt aux uns, tantôt aux autres; mais tous s'en plaignirent. Il paraît que la reconnaissance n'est pas sa vertu favorite. La première fois que M. Giordan le vit, c'était sur la plage du Goazacoalco, en face du navire *l'Amérique* échoué; et pendant que chacun faisait des efforts inouis pour sauver ce navire avec la cargaison, le sieur Dubouchet était debout contre une barrique de vin défoncée, avec une tasse pleine, et se grisant. Le lendemain, dans la nuit, M. Giordan le vit entrer dans sa chambre avec un grand panier de sucre en pains sur le dos, qu'il suspendit contre le mur, et qu'il lui fit sortir. Plus tard on sut que M. Bosson, l'un des sous-concessionnaires, avait fort maltraité. M. Dubouchet, qui ne lui en avait pas demandé satisfaction, et à quelques jours de là on apprit encore que M. Salmon lui avait donné des soufflets en présence de tous les colons. Honni de tous, à charge à lui-même, incapable de gagner sa vie par le travail, il se décida à quitter

Les lettres des personnes établies sur les divers points de la colonie attestent la fertilité du sol, la salubrité de l'air et la pureté des eaux. Les rives du Goazacoalco et des principales rivières, spécialement celles de l'Uspanapan, offrent de belles savanes, propres à l'éducation des bestiaux. L'Uspanapan est plus accessible et plus aisé à remonter jusqu'aux concessions.

Les concessionnaires principaux voulant hâter par tous les moyens qui sont en leur pouvoir la population d'un pays qui n'a besoin que de bras laborieux pour s'élever à la plus haute prospérité, proposent de concéder gratuitement, pendant un an encore, à dater du 1er octobre 1830, à un certain nombre de familles de cultivateurs qui voudront s'y rendre, une quantité de vingt arpens de terre à chacune de ces familles, en y ajoutant cinq arpens de plus pour chaque enfant au-dessus de dix ans. (L'arpent est composé de cent perches, la perche de vingt pieds en tous sens, l'arpent équivalant à six mille quatre cents varres carrées, mesure du pays.)

Les colons seraient tenus de partir dans les six mois de la signature de l'engagement, sous peine d'annulation de la concession. Il sera expédié des navires du Hàvre, de Bordeaux et de Mar-

la colonie et à retourner en France, par New-Yorck. A cet effet, il s'embarqua sur un navire de cette ville, qui était venu prendre un chargement de bois d'acajou au Goazacoalco, et prit la fuite. Comme on le voit, cet homme n'a rien fait, ni rien vu, n'a pas même quitté Minatitlan, et n'est jamais allé dans la concession : cependant il accuse tout le monde, et parle comme s'il avait été *victimé*. Si nous ne méprisions les attaques d'un pareil personnage, nous lui demanderions compte devant les tribunaux de toutes les calomnies que sa brochure renferme. En attendant, M. Giordan engage les personnes qui trouveraient ces renseignemens incomplets de passer à la questure de la Chambre des députés : il y sera toujours prêt à leur donner les éclaircissemens qu'elles demanderont.

seille ; mais aucun ne sera admis à bord s'il n'est muni de vivres pour six mois, dont suit la note détaillée :

Biscuit et farine. . . . . 3oo livres.
Légumes secs. 75
Riz. 5o
Fromage, croûte rouge. 1o
Graisse et beurre. 20
Huile. 3
Sel, poivre et épices. . . . .
Eau-de-vie. . . . . 1 velte.
Vin. . . . . de 7 à 8 veltes.
Vinaigre. . . . . demi-velte.

Nota. MM. les colons sont prévenus d'échanger avant leur départ l'argent français qu'ils emporteraient, contre des *piastres d'Espagne* ou *quadruples mexicaines,* attendu qu'ils éprouveraient au Goazacoalco une perte de 25 pour cent, et sans pouvoir peut- être, malgré ce sacrifice, opérer cet échange.

N° 7.

J'autorise M. Bossau à vendre la montre d'or que je lui laisse, au prix de quarante à quarante-cinq piastres au plus bas, de se payer des vingt-trois piastres que je lui dois, et d'en verser dix-sept six réaux et demi à M. Giordan pour solder mon compte.

Signé, Louis Arnaud.

Ajin-dillan, le 16 mars 1830.

N°ˢ 8, 9.

Copie.

A S. E. M. L. ALLAMAN, MINISTRE DES RELATIONS
A MEXICO.

Monsieur le Ministre,

J'ai l'honneur de vous annoncer que le brick *l'Hercule*, capitaine Chase, du port de trois cent vingt-neuf tonneaux, ayant treize hommes d'équipage et cent quarante-trois passagers, a mouillé en face de la Barre du Goazacoalco, après quarante-cinq jours de traversée. Ce brick cale quatorze pieds d'eau, et la Barre n'en ayant que onze, nous sommes obligés de débarquer les personnes et les effets sur la plage, avec les mêmes difficultés que lorsque nous avons déchargé le navire *l'Amérique*, c'est-à-dire sans douane, sans capitaine de port, sans pilote et sans les franchises que l'art. 21 de la loi de colonisation nous promet. Ainsi vont s'accumulant mes angoisses et les peines de Votre Excellence, à qui elles parviennent naturellement comme à la Divinité tutélaire qui doit les dissiper. Daignez donc, monsieur le Ministre, me tendre votre main toute puissante pour me sortir de l'abîme où je me trouve, et provoquer une décision sur les franchises promises aux colons, afin que leurs justes plaintes n'aillent pas en Europe refroidir l'enthousiasme qui y règne pour cette colonie. Les faveurs que je demande pour les infortunés de ce double naufrage, car c'est ainsi que l'on peut considérer la non-entrée du brick *l'Hercule*, sont : 1° qu'ils soient exemptés du paiement du droit de tonnage mis à leur charge, et que cette exemption soit considérée comme une franchise coloniale; 2° que l'on adopte enfin, et rende exécutoire l'art. 21 déjà cité, et que l'on décrète la circulation de la monnaie française dans la colonie.

L'affranchissement du droit de tonnage est une conséquence de l'état des colons; ils n'apportent rien pour vendre, ils ne font point de commerce, ils n'ont point d'argent, et si on les oblige à le payer, il faudra qu'ils vendent les instrumens destinés à leurs travaux, les vivres qui doivent les nourrir, et peut-être leurs propres effets. L'affranchissement du droit de douane est une conséquence de l'état du pays, il n'y a rien ; cent personnes qui arrivent sans porter des vivres causent une famine. La circulation de la monnaie française est nécessaire pour empêcher qu'il ne s'établisse une usure cruelle et un agiotage scandaleux. Tous ces motifs, que Votre Excellence pèsera dans sa haute sagesse, animent mes vives supplications, et me font espérer que l'honorable congrès fédéral les accueillera avec bonté.

En terminant, j'ajouterai, monsieur le Ministre, que les divers Mexicains qui sont à Paris, poussent les colons vers la colonie, en leur assurant que toutes les franchises imaginables leur seront accordées ; et cependant aussitôt qu'ils arrivent on leur saisit jusqu'à leurs vivres qui sont prohibés, et on exige d'eux le paiement du droit de tonnage, comme cela a lieu maintenant, en attendant que le gouvernement fasse connaître sa détermination. Pendant ce temps, les vivres sont consommés sans utilité aucune, les colons tombent malades, se dégoûtent et se plaignent. Les conséquences qui résultent de cet état de choses sont trop évidentes pour que je me permette de les déduire à Votre Excellence. L'honorable congrès, placé dans une position plus élevée, verra plus loin, et déterminera avec plus de connaissance.

C'est avec cet espoir que je vous prie d'agréer, monsieur le Ministre, etc.

Minatitlan, le 20 mars 1830.

Nota. Copie de cette lettre a été transmise par M. le Ministre des

affaires étrangères du Mexique à M. le Ministre des affaires étrangères
de France, qui a eu la bonté de la faire parvenir à M. Laisné de Villevêque. Elle est entre nos mains.

N° 10.

COLONISATION DU GOAZACOALCO.

Extrait du rapport de M. Allaman, ministre des affaires étran-
gères, présenté au congrès général...., lu à la Chambre des
Députés, le 7 de janvier 1851, et à celle des Sénateurs, le 8
du même mois.

La législature de Vera-Cruz avait concédé, sous certaines conditions, à quelques Français, les terres que baigne le Goazacoalco,
pour y fonder des établissemens coloniaux. Plusieurs expéditions
de colons y ont été en effet dirigées ; mais jusqu'ici les résultats
n'ont pas répondu à nos espérances, soit que les colons aient
manqué de courage à la vue des difficultés qu'ils avaient à vaincre
pour mettre en culture un pays boisé, soit que toutes les précautions nécessaires pour de pareils établissemens n'aient pas été assez
prévues par les entrepreneurs ; soit, enfin, que quelque autre
cause, ainsi qu'on l'a dit, ait concouru à la ruine de ces premiers établissemens ; la vérité est, que les colons se sont dispersés
avant même d'avoir mis le pied sur la concession qu'ils venaient
habiter.... Un des motifs de plainte, est qu'ils comptaient jouir de
l'entière franchise des droits de douane pour les objets qu'ils portaient avec eux, ainsi que cela avait été proposé par le congrès
de la Vera-Cruz. Cette proposition n'ayant pas été encore ap-
prouvée par le congrès général, la douane a exigé ses droits, et
les effets ont été retenus. Il serait bien à desirer, pour écarter de

parcils obstacles, que le congrès prît en considération la susdite proposition.

La colonisation du Goazacoalco est tellement importante, elle présente des espérances si grandioses pour le commerce et la politique de l'univers entier, qu'elle mérite une protection toute particulière, surtout aujourd'hui que le mauvais résultat des premières expéditions discréditera le pays, et qu'il ne sera pas facile d'attirer de nouveaux colons dans un pays *qui, malgré tout ce qu'on peut en dire, est le plus favorisé par la nature,* etc.....

N° 11.

Copie d'une lettre traduite de l'espagnol.

Vera-Cruz, le **12** juillet **1828.**

A S. EXC. M. IGNACE, JOSEPH ESTEVA, MINISTRE DES FINANCES A MEXICO.

Mon cher compatriote et ami,

Mon ancien correspondant, M. F. Giordan, récemment arrivé de Bordeaux, se dirige vers la capitale avec l'intention d'y fonder des établissemens utiles à notre république; c'est un homme que j'estime d'une manière distinguée par sa moralité, ses vertus et ses qualités recommandables.

Nos députés en Espagne ont eu des relations honorables avec lui, il en a secouru quelques-uns dans leurs peines, et depuis lors il a prouvé son attachement aux Mexicains en même temps que l'intérêt qu'il porte à la prospérité de notre pays.

Je fais cette énumération pour vous le recommander très-expressément, persuadé que dans les relations que vous aurez avec lui, vous apprécierez les belles qualités dont il est orné. J'espère que vous l'honorerez de votre bienveillance. Comptez sur la reconnaissance de votre compatriote et ami, et dévoué serviteur, Q. B. V. M.

Signé, Joseph-Marie Serano.

Autre.

Mexico, le 5 novembre 182.

A S. EXC. M. LE GOUVERNEUR DE L'ÉTAT DE VERA-CRUZ.

Excellence,

M. F. Giordan, mon ami, auquel le gouvernement de votre État a fait une concession, a décidé qu'il irait en faire la reconnaissance, et qu'il reconnaîtrait en même temps l'ithsme de Tehuantepec. En conséquence des belles qualités qu'il possède et des avantages qui peuvent résulter pour la nation de l'établissement qu'il veut former, je prends la liberté de vous le recommander d'une manière toute particulière, et de vous prier de l'aider dans l'exécution de son projet par tous les moyens qui sont en votre pouvoir.

Je profite de cette occasion pour vous réitérer l'assurance de la considération et de l'estime avec lesquelles j'ai l'honneur d'être,

Votre obéissant serviteur,

Signé, Juan de D. Canedo,
Ministre des relations extérieures.

Nota. Ces deux lettres n'ont pu être remises, ainsi que beaucoup d'autres qui sont en mon pouvoir, et que je ne publie pas pour ne pas augmenter le volume, et pour ne pas être obligé de parler plus long-temps de moi. J'ose espérer que le public me tiendra compte de lui ménager son temps.

N° 12.

Copie.

Lettre d'envoi du compte des frais faits pour la colonie du Goaza-coalco, signifié le 15 août 1831, par M. Maillard, huissier, rue du Hasard, n° 6, à Paris.

Paris, le 4 août 1831.

Monsieur,

J'ai l'honneur de vous transmettre ci-joint le compte des dé-penses que j'ai faites pour la colonie du Goazacoalco, s'élevant, avec les honoraires que je crois m'être légitimement dus, à la somme de 155,823 fr. 60. cent.

Je vous prie de me faire connaître d'ici au 10 courant de quelle manière vous entendez me solder la partie de ce compte qui vous est afférente, vous déclarant que je reconnais comme reçue la somme à laquelle s'élève la dépense que j'ai faite chez vous depuis le 12 septembre 1830 jusqu'au 23 juillet dernier, et toutes autres dont vous justifierez.

Les diverses explications que nous avons eues ensemble depuis mon arrivée du Mexique au sujet de ces dépenses auraient pu me dispenser de la démarche que je fais aujourd'hui; mais il est dans mes habitudes d'épuiser toutes les voies de conciliation avant d'en venir à des voies judiciaires, et de ne manquer à aucun procédé.

Si, contre mon attente, vous refusiez de reconnaître ces dépensés et la juste rémunération que j'y attache, je ferais valoir les réserves auxquelles mes sacrifices et les dangers que j'ai courus me donnent droit, et auxquelles je ne renoncerai que lors du réglement définitif qui aura lieu entre nous.

Agréez l'assurance de mon sincère désir d'éviter toute rupture entre nous, et de ma ferme résolution de soutenir mes intérêts et ceux de la colonie par tous les moyens que Dieu et les hommes mettent en mon pouvoir.

Signé, F. GIORDAN.

N° 13.

Copie.

Réponse à la lettre ci-contre.

Paris, le 14 août 1831.

MONSIEUR,

Vous venez de m'écrire une lettre assurément bien étrange. Vous voulez, dites-vous, éviter toute rupture entre nous, et cette lettre la provoque d'une manière infaillible. Je ne reculerai point devant vos menaces plus qu'insensées, auxquelles je saurai répondre avec tous mes droits et la loyauté dont je ne me suis jamais écarté.

Vous n'avez pu sérieusement faire à ma charge un état tel que celui que vous m'adressez. De mon côté, je ne m'arrêterai point à le réfuter, je me bornerai à vous dire que vous seul pouvez y comprendre quelque chose, que je ne vous ai point envoyé au Mexique; que je n'ai eu aucune part ni directement ni indirectement à la détermination que vous avez prise spontanément de faire ce voyage; que vous ignoriez si nous obtiendrions une concession quand vous êtes parti; que si vous y avez fait des entreprises de

5

commerce et des pertes, elles ne peuvent que vous regarder seul.

Quant à ce que vous pourriez avoir dépensé pour le service utile de la colonie qui nous a été concédée, il sera juste (lorsque vous en aurez justifié convenablement) que vous en soyez remboursé *sur les avantages que présentera la concession*, comme je devrai, de mon côté, être remboursé des avances réelles et des dépenses utiles que j'ai faites dans le même but.

Mais en vérité, je ne vois pas, monsieur, jusqu'à présent, que vous m'ayez fait connaître aucun établissement, ni aucuns travaux utiles à la colonie, provenant de votre fait. Vos étranges projets et votre présence paraissent y avoir été éminemment nuisibles et causes de sa non-réussite.

Je regrette vivement que l'état de ma fortune ne m'ait pas permis de faire pour vous plus que je n'ai fait par humanité et par obligeance ; et il me semble que si je n'ai pu vous aider plus long-temps, ce ne peut être une raison pour vous d'être ingrat [1].

Signé, Laisné de Villevêque.

[1] Voilà comment M. Laisné de Villevêque correspond, et comment il paie ses dettes.

FRAGMENS

Des instructions données à M. H. Baradère, à Minatitlan, le 18 février 1829, au nom de la Société de colonisation du Haut-Goazacoalco, par M. F. Giordan, et Extraits de sa correspondance avec M. Laisné de Villevêque.

A M. BARADÈRE.

Mon cher ami,

La reconnaissance du Goazacoalco est terminée : nous avons vu son embouchure et presque sa source. Les peines que cette reconnaissance nous a fait éprouver, les dangers que nous avons courus de Mexico ici, tout cela est perdu et reste absolument sans fruit si nous ne parvenons à former une compagnie de colonisation. Pour atteindre ce but indispensable il faut donc entreprendre d'autres voyages, braver d'autres dangers, et se soumettre à d'autres peines. Vous allez vous rendre à Paris, etc. etc. . . . .

. . . .

Après avoir pris les précautions convenables pour s'assurer de la moralité des familles, la compagnie les dirigera, dans le plus bref délai, dans l'un des ports de mer de France le plus à portée de les recevoir. Des arrangemens pris d'avance assureront leur réception et leur départ. Il ne faut pas qu'elles séjournent long-temps dans ces ports, parce qu'elles y gaspilleraient leur avoir et qu'elles y prendraient de mauvaises habitudes.

La compagnie a contracté l'obligation de peupler le Goazacoalco de deux nations différentes ; elle se procurera en conséquence autant de Suisses et d'Allemands qu'elle pourra ; elle s'entendra avec les ambassadeurs de ces puissances qui résident à Paris; ils ne demanderont pas mieux que de l'aider à débarrasser leur pays d'une population qui les tourmente; mais il faudra être plus scrupuleux sur les renseignemens à prendre, parce qu'étant éloignés on pourrait plus facilement être trompé. Les dépôts d'orphelins de l'un et l'autre sexe offriront d'immenses ressources, la compagnie pourra y puiser largement.

Il est bien convenu que les premiers envois d'hommes doivent être composés d'après les nécessités de l'établissement; ainsi on enverra d'abord des agriculteurs, des charpentiers, des forgerons, des boulangers, ensuite des maçons, des meûniers lorsque les moulins seront construits, et enfin, quand il en sera temps, on enverra les autres arts nécessaires, tels que tanneurs, tailleurs, cordonniers, et même les arts de luxe qui ne manqueront pas d'emploi. Il ne faudra pas manquer de munir le premier envoi de deux jeux de scies à vapeur, avec deux jeux de pierres à moudre et les hommes qui les entendent; c'est indispensable. Les artisans devront avoir leurs outils et les instrumens nécessaires. La compagnie les fera fabriquer en gros, etc. etc.

Parmi les choses de première nécessité pour l'établissement, je ne dois pas oublier une pharmacie et un bon pharmacien-chimiste, un médecin botaniste, un chirurgien, etc. etc.

Les premiers envois seront aussi munis de six mois de vivres, et chaque individu aura son trousseau, composé de deux blouses larges, etc...

Le transport des hommes et des choses se fera par navires de trois cents à trois cent cinquante tonneaux à varangues plates, ne tirant qu'environ dix à onze pieds d'eau. La Barre en a toujours au moins quatorze. La compagnie aura au moins six de ces navires; ils partiront de mois en mois, feront deux voyages chacun par an, et transporteront chaque voyage cent cinquante à deux cents individus. La compagnie aura aussi un bateau à vapeur de cinquante à soixante tonneaux pour le service de la rivière, et une certaine

quantité de marchandises pour vendre aux Indiens, et en appli
quer les bénéfices aux progrès de la colonie.

Voilà, mon cher M. Baradère, les communications que vous
aurez à faire à M. Laisné de Villevêque; vous vous entendrez
avec lui, etc. etc.............................. .....

Signé, F. GIORDAN.

*Extrait d'une lettre à M. Laisné de Villevêque, du 13 mars
1829.*

TRÈS-CHER ET TRÈS-HONORABLE AMI,

Je reçois vos lettres des 12 et 19 juin et 20 et 24 novembre, j'y
réponds, etc. etc. . . . .

. . . .

La concession est obtenue, le terrain reconnu, les points choisis, les dispositions préliminaires prises, les demandes pour en
assurer le succès faites, etc. etc.............................

Qu'avez-vous fait à Paris? « Vous avez, dites-vous, fait mettre
» dans les journaux que M. de Saint-Cricq, ministre du com-
» merce, vous avait fait appeler pour vous communiquer ce que
» lui avait écrit M. Martin, consul-général à Mexico, sur notre
» concession et sur les avantages qu'elle offrait à la France. »
Vous avez mis la diplomatie en mouvement, vous avez donné du
fil à mille intrigues; et enfin, vous avez créé la cause de la révo-
cation de la concession. Vous conviendrez que ce n'était pas la
peine que je fisse deux mille cinq cents lieues avec ma famille, et
que je vinsse dépenser dans notre intérêt commun une somme de
25 mille francs, peut-être infructueusement. Il est vrai que pour
me consoler vous me dites que vous avez l'oreille du roi, celles
des ministres; que votre fils est vice-consul à Mexico; que vous

avez reçu la croix de la Légion-d'Honneur, et que vous espérez faire réussir promptement et complètement une compagnie de colonisation. Je vous félicite de bien bon cœur, de tous ces avantages, du crédit dont vous jouissez, et de la position dans laquelle vous vous trouvez placé ; mais convenez que si je m'étais amusé à Mexico comme vous vous amusez à Paris, nos affaires ne seraient pas très avancées ; que dis-je? elles seraient complètement détruites sans espoir de les rétablir, etc. etc....................

. . . .

. . . .

Vous me recommandez de semer du maïs, des pommes de terre, de faire venir de la volaille, des œufs, des cochons, etc. Mais vous vous abstenez de m'envoyer des fonds, comme si j'eusse pris envers vous l'engagement de faire toutes les avances, et comme si vous n'étiez pas tenu de fournir votre part. Auriez-vous par hasard la pensée de fonder une colonie et d'en tirer les bénéfices sans avoir préalablement fait les dépenses nécessaires. Envoyez-moi des fonds, des hommes agriculteurs, des instrumens, des vivres et des semences, et vous aurez des cochons plus que vous n'en voudrez. Laissez au temps, aux circonstances, aux aptitudes, aux lumières, aux capitaux à placer ici chacun dans sa sphère, et tout ira bien. Songez que l'affaire du Goazacoalco et ses conséquences renferment l'avenir du monde. Occupez-vous-en dans cet esprit large, le soir au flambeau du patriotisme qui doit éclairer tout député de la France. Moi, d'ici, je vous seconderai de toutes mes forces, et mon dernier soupir, comme mon dernier regard, se porteront encore vers cette France que j'ai servie, qui m'a persécuté, et que j'adore.

Adieu.

Signé. F. GIORDAN.

Autre extrait du 25 mars 1829.

A M. LAISNÉ DE VILLEVÊQUE.

Je reçois à l'instant vos lettres des 9, 20 et 26 octobre dernier, etc. etc. etc..
.... Je me borne à vous faire observer que M. Martin s'est laissé égarer par des suggestions hypocrites faites par des ennemis de la France, et que vous vous êtes trop légèrement laissé emporter par ce que le ministre vous a dit. Vous auriez dû répondre au ministre : « On a calomnié mon ami; la concession a été faite » à sa personne, ma participation est un pur hasard; il y avait » six ans qu'il s'occupait de l'obtenir; et dans l'espoir de la rendre » utile à la France, il a eu le courage d'entreprendre ce voyage, » et à cinquante ans; voyage pénible et coûteux, puisque jusqu'à » présent il a fait seul les avances pour compte de la société. Dans » ce moment, il s'expose à tous les dangers qu'offre le défriche- » ment d'un pays vierge. » Voilà ce que mon amitié m'aurait suggéré en votre faveur, et alors le ministre ne vous aurait pas donné le conseil de demander la division. J'ai eu plus d'une lance à rompre pour vous; maintenant encore j'ai eu plus d'un effort à faire pour combattre une opinion qui rend votre nom hostile à la concession. On pense qu'on l'a faite au gouvernement français, et l'on en craint les conséquences. Je suis parvenu à dissiper ces craintes et à obtenir que votre nom parût dans le nouvel acte de propriété que j'ai sollicité, obtenu et envoyé. Je ne vous en ai cependant rien dit; je ne vous ai point fait des propositions inconvenantes; j'aurais craint d'irriter vos nerfs et de vous causer de pénibles sensations. Je m'arrête. Adieu, je vous laisse au palais, au milieu des délices, attendant les honneurs, et je rentre dans ma cabane au milieu d'un désert, où je serai pourtant plus

heureux que vous, loin des honneurs, il est vrai, mais aussi à l'abri des disgrâces. Elles ne peuvent m'y atteindre, à moins qu'elles ne m'empêchent d'être encore utile à mon pays. Malgré son ingratitude, je le servirai si je puis.

Je vois avec peine que vous ayez la prétention de vouloir faire du Goazacoalco à Paris ; faites du Paris tant que vous voudrez, je ne me plaindrai pas ; déclarez, comme vous le devez, d'une manière nette et précise, que vous regardez comme faits pour le compte commun tous les frais de voyage, de reconnaissance et de colonisation ; mettez mes intérêts à couvert comme j'y mets les vôtres, et soyez sans inquiétude sur l'avenir, etc. etc. . . . .

Ne trouvez-vous pas que me voilà bien heureux d'être obligé d'entretenir une pareille correspondance, et que je reçois un joli prix de mes travaux et de mes bienfaits ? Vous m'accusez d'exaltation ; il faut plus que cela pour ne pas être dégoûté par ce que vous me dites, et pour continuer de marcher dans le sentier que je me suis prescrit ; n'importe, fais ce que devras, advienne que pourra.

Je vous salue avec amitié.

Signé, F. Giordan.

Autre, du 30 mars 1829.

Très-cher et très-honoré ami,

Je réponds à la plus aimable de vos lettres, celle du 15 octobre de l'année dernière, et que je reçois aujourd'hui. Je vois par elle que vous êtes plein de joie et de reconnaissance envers le gouvernement mexicain pour la concession qu'il nous a faite, et que vous promettez de redoubler d'efforts et de zèle pour la faire tourner au profit de cette nouvelle patrie, en cherchant à lui rendre tous les services qui pourront dépendre de vous. J'avais déjà déclaré que tels étaient vos sentimens au général Santa-Anna, et aux autres personnages éminens de la république qui en avaient pris acte. Les circonstances nouvelles dans lesquelles le pays se trouve placé, ne doivent pas les changer, et je pense qu'aujourd'hui, plus que jamais, vous devez tâcher de les rendre effectifs, etc. etc. . . . .

. . . . Cependant, pour que vous ne montiez pas plus haut que vous ne devez, je vous adresse ci-joint un exemplaire de la loi de colonisation; elle vous fera voir que l'on ne vous a pas fait une faveur, mais que l'on exigeait de vous un service de plus. . . . .

. . . .

Je viens d'envoyer ma procuration à M. L. Hubert, ancien notaire; je n'ai pas cru devoir placer votre honneur entre votre devoir et vos intérêts, parce que je n'ai pas voulu exiger de vous le sacrifice de ces derniers; la justice ne veut de sacrifice de la part de personne.

Signe, F. Giordan.

Autre, du 1er septembre 1829 (Minatitlan).

A M. LAISNÉ DE VILLEVÊQUE.

Très-honoré ami,

Je reçois vos lettres des 16 mars, 1er et 22 avril; comme ces lettres ne sont qu'une répétition l'une de l'autre, et de celles qui les ont précédées, en répondant à la dernière j'aurai répondu à toutes; vous lirez peut-être.

1° Vous me demandez ma procuration à corps et à cris, et vous ne m'envoyez pas la vôtre. Il fallait faire comme moi, agir sauf

approbation, ou me donner l'exemple. Arrivé dans le monde.
avant moi, vous me le deviez. Au reste, ma procuration est à
Paris.

2° Les troubles du Mexique sont comme ceux de France, une
circonstance favorable pour nous; nous serons plus libres au
Goazacoalco, et nous obtiendrons plus de faveurs du gouvernement, etc. etc..... Député de la France, vous n'avez pas vu cela !

3° Vous dites que les banquiers sont des juifs en général, mais
malheureusement *ils ne sont pas les seuls juifs!* Je pense que les
documens qui vous ont été portés par ce M. Baradère dont je
vous parle tant dans mes lettres des 28 janvier et 17 février, et
dont vous ne me dites pas un mot en m'accusant réception de ces
lettres, doivent avoir changé quelque chose à vos dispositions.

4° M. Tadeo Ortis est récompensé; si M. Chédéoux veut des
récompenses, qu'il vienne les chercher au Goazacoalco.

5° Votre fils ne m'a pas écrit encore, je ne sais s'il est mort ou
vivant. Son intervention ne peut que nuire. De grâce, abstenez-
vous de me parler du roi, du dauphin, de vos amis les ministres,
des consuls : ne m'écrivez pas sur votre papier de questure, ne
cachetez plus avec votre cachet à fleurs de lis. Tout cela sonne
mal, tout cela est louche, et me compromet singulièrement : *ici
nous sommes républicains et très-ombrageux.*

6° Vous m'offrez des appointemens pour que je reste directeur
de la colonie; vous m'avez déjà offert une pension pour que je
me retire. Vous me donnez le titre de directeur : par lettre du
1er avril, vous le donnez à M. Ortis également. Tantôt vous me
mettez en tutelle de MM. Chédéoux et Michel, tantôt vous mettez
ces messieurs sous mes ordres. Dans toutes ces aberrations, vous
oubliez que je suis maître aussi.

7° Je ne renonce à aucun des avantages de ma position coloniale; je veux tirer parti de tout pour la colonie, à mesure que
les circonstances me le permettront. Ainsi je ferai le commerce,
et j'établirai pour compte de la compagnie des comptoirs par-

tout où besoin sera. Je ne renoncerai aux noms mythologiques que quand le gouvernement m'y obligera ; ces noms n'offensent personne, ne blessent aucune susceptibilité, ne font naître aucune défiance. Nous en sommes convenus à Paris. Que de choses vous oubliez !....

8° Je demande, etc. . . . .

9° Vous m'ordonnez d'envoyer des cultivateurs au Goazacoalco et d'y établir des cultures, et vous refusez d'accepter 20,000 fr. de traite. En vérité, je ne sais que penser de votre langage et de votre condüite !

10° Vous ferez très-bien de ne m'envoyer que des gens utiles ; leur choix, celui des vivres, des outils, des semences ; la discussion des conditions auxquelles ils consentiront à venir ; l'achat des navires, leur armement, leur expédition, la vente des marchandises ; l'achat, le conditionnement, l'envoi de celles dont nous aurons besoin, vous donneront assez d'occupation en France pour employer tout votre temps ; si vous en sortez pour le Goazacoalco, vous ne ferez que des fautes. . . . .

. . . .

13° Vous m'annoncez cent soixante-quinze Allemands au Hâvre ; il y en avait trois cents quand je suis parti ! vous dites qu'ils sont à vous. Quoi ! vous cumulez des hommes au Hâvre, sans argent et sans navires ! Vous commencez bien !

14° Vous m'exhortez au travail, et vous me dites de compter sur votre éternelle union et sur votre éternelle reconnaissance. Je n'avais pas besoin de vos exhortations pour m'y livrer ; mon intérêt et mon devoir m'y poussent assez.

15° Vous me dites que vous cédez cent cinquante lieues de terre à une grande compagnie ; que vous en conservez cent cinquante pour nous ; vous me parlez d'arpens, de toises, de perches, de pieds. Il n'y a rien de tout cela ici. La mesure mexicaine est la varre ; il y en a cinq mille à la lieue. Les difficultés devant être jugées ici, c'est dans ces mesures qu'il faut stipuler : vous avez la loi.

16° Votre prospectus, dites-vous, est imprimé. Ma lettre du 16 octobre vous annonçait des matériaux que vous auriez dû attendre; mais vous tranchez en maître, vous ne prenez conseil de personne; vous ne faites aucun cas de ma correspondance; nous verrons bien où tout cela nous mènera.

17° Je termine en vous assurant que je crains très-fort que vous ne connaissiez ni le Mexique, ni les Mexicains, ni la colonisation, ni les Français, ni vous ni moi; si vous eussiez connu une partie de tout cela, votre conduite et votre langage auraient été bien différens. Vous ne m'auriez pas écrit tant de choses inutiles; vous n'auriez pas commis tant de fautes. A une confiance aveugle, à des sacrifices immenses, vous auriez répondu par un dévoûment sans bornes et par des sacrifices semblables. J'ai tout immolé, ma femme, ma famille, mon argent, vous ne m'avez pas envoyé un *sou*, pas même un journal qui ne vous coûtait rien, etc. . . . . . .

. . . .

Signé, F. Giordan.

Autre, de Minatitlan, le 12 *octobre* 1829.

A M. LAISNÉ DE VILLEVÈQUE.

Mon très-honorable ami,

Je n'ai pas reçu votre lettre du 20 janvier, je n'ai pas non plus de nouvelles de votre fils.

N'ayant rien à répondre, je vais reprendre ma lettre du 23 dernier. Je vous disais :

1° Qu'il ne peut y avoir de fraude où il n'y a pas de prohibition : vous me parlez de contrebande ; je m'occupe d'obtenir l'abolition des droits;

2° Qu'il ne peut y avoir de salaire où il n'y a pas de service ; M. Chédéoux n'ayant rien fait, n'a droit à rien ;

3° Qu'il faut avoir soin de nantir le directeur des grosses des actes passés avec les colons; car sans cette précaution, il ne saura rien des obligations qui auront été contractées par eux, ne pourra rien faire, et deviendra un personnage ridicule ;

4° Qu'il faut éviter de le compromettre en écrivant directement aux autorités des lettres dont il ne connaîtrait pas le contenu ; ce qui pourrait faire croire qu'il n'a pas la confiance de la compagnie. Il vaudrait mieux dans ce cas, ne pas avoir de directeur ici ;

5° Que ne pouvant seul m'opposer aux dévastations que commettent les Américains du Nord dans la forêt de la concession, il faudrait que je fusse autorisé à traiter avec eux pour former des approvisionnemens de bois qui serviraient aux cargaisons de retour ;

6° Que le directeur doit être tenu au courant des choses de la colonie pour qu'il puisse agir en conséquence ;

7° Qu'un bateau à vapeur est indispensable pour le service de la rivière. Voilà ce que je vous disais dans ma lettre du 23 dernier. J'ajoute :

1° Qu'il faut un médecin, un chirurgien, un pharmacien, une pharmacie complète; il n'y a rien de tout cela ici ;

2° Que, vu l'amour des Indiens pour la religion et le besoin que nous aurons d'eux, il faut envoyer un prêtre, avec tous les objets nécessaires au culte catholique, apostolique et romain ;

3° La compagnie, pour explorer les richesses minérales et végétales dont le pays abonde, doit envoyer un bon minéralogiste et un bon botaniste : je suppose que le pharmacien sera chimiste ;

4° Elle doit envoyer d'abord des paysans et des artisans grossiers; plus tard, elle enverra des artisans de luxe : l'industrie est nulle au Goazacoalco. Le peu d'Indiens qu'il y a ne sait que semer du maïs et couper du bois ;

5° Que si la compagnie n'est pas satisfaite de moi, et n'a pas confiance dans mes services, il faut qu'elle me remplace par un homme en qui elle ait confiance, qui sache l'espagnol, l'anglais, et connaisse les mœurs mexicaines ; c'est indispensable ;

6° Que si elle veut faire du commerce à la côte ou dans l'intérieur, elle doit avoir des gens de la plus haute probité, et qui possèdent bien la langue espagnole. Sans cette double précaution, elle court risque de tout perdre ;

7° Que la compagnie doit être assez éclairée, assez sage, assez prévoyante pour ne rien compromettre, et être convaincue que le succès de la colonisation dépend entièrement du résultat des premiers envois.

8° Je viens de demander, pour la quatrième fois, l'adoption, comme loi de la république, de l'article 21 de la loi de colonisation, et la permission de bâtir à la Barre des maisons pour recevoir les arrivans. On ne fait rien à Mexico, ou on nous contrarie. C'est l'effet naturel de votre correspondance double. Au nom de Dieu, laissez au directeur, quel qu'il soit, le soin de diriger les affaires du pays ! A la distance où vous êtes, vous ne pouvez ni voir ni prévoir ; une seule de vos déterminations peut le perdre et les affaires aussi.

9° Je voudrais que la compagnie envoyât deux ingénieurs géographes, un architecte, et qu'elle n'oubliât pas les mécaniciens. Les ingénieurs géographes seraient employés à la levée du plan du pays, l'architecte nous ferait quelques maisons, et les mécaniciens nous épargneraient les bras. Vous comprenez combien cet objet est important dans un pays où les bras manquent.

10° Je ne sais si M. Baradère vous a parlé de tentes ; nous en aurons besoin pour le voyage d'exploration.

11° J'ai demandé si souvent quelques objets pour offrir en présent, que je n'ose plus revenir sur cet article. Cependant si la compagnie se décidait à quelques sacrifices en ce genre, il faudrait que le directeur fût chargé de les présenter. Prendre un autre intermédiaire serait le priver de la considération dont il a besoin à tant de titres pour lui donner des moyens de succès auprès des autorités, et pour lui assurer le respect des colons. N'allez pas manquer de confiance en lui; car si vous en manquez un peu, les autres n'en auront pas du tout; mieux vaudrait administrer depuis Paris.

12° J'ai quelques bois à couper, ce sont des cèdres et des gayacs; ils serviront pour les premières cargaisons de retour. Les premiers défrichemens m'ont beaucoup coûté et ne sont pas très-considérables : nous aurons cependant quelques légumes et des fruits à offrir aux arrivans. A propos de cela, n'oubliez pas d'envoyer par chaque navire des graines potagères fraîches; vous ne pouvez vous figurer comme les semences dégénèrent ici.

13° Je vous ai parlé de briques, ne les oubliez pas. Envoyez-nous quelques briquetiers, tuilliers, potiers, faïenciers, verriers, tanneurs, cordonniers et tailleurs. Les arts les plus communs sont les plus nécessaires; je vais nu-pieds depuis deux mois, faute d'un cordonnier. Nous avons besoin d'un maçon pour nous faire un four, de boulangers pour nous faire du pain, d'un moulin pour nous faire de la farine. Il y a maintenant dix mois que mon épouse et moi sommes ici, et nous n'avons pas goûté une bouchée de pain. Ah! mon ami, il faut bien vous aimer, il faut bien aimer les hommes pour consentir à souffrir ce que nous souffrons; mais assez. Adieu.

Votre ami,

Signé, F. GIORDAN.

Autre, Minatitlan, 5 novembre 1829.

Mon très-honorable ami,

Je reçois votre lettre du 22 juillet, dans laquelle je lis ces mots :
« Ainsi, dès le mois d'octobre il partira des colons. Il faut qu'ils y
» trouvent couvert, vivres et bestiaux ; c'est aux vivres surtout qu'il
» faut s'attacher. » Et en même temps, je reçois le compte des frais
pour non-acceptation des 20,000 francs que j'ai tirés sur vous,
montant à 1024 fr. 35 cent. ! Convenez que ce n'est pas consolant,
et que le compte des frais rend mortellement dérisoire ce que cette
lettre du 22 juillet contient d'amical. J'espère nonobstant que ces
20,000 fr. seront payés, et je l'espère dans l'intérêt de la compagnie, que je désire servir ; le non-paiement de cette somme, dans la
situation où elle est, serait son coup de mort.

Cette même lettre contient cette question : Aura-t-on des bateaux
à l'embouchure du fleuve pour transporter les arrivans à la colonie ? J'ai trois pirogues ; on pourra s'en procurer deux ou trois
autres, voilà tout. J'ai répondu, ce me semble, depuis long-temps
à toutes les questions que vous pouvez avoir besoin de me faire,
en vous envoyant un témoin oculaire de mon voyage ; il est près
de vous, consultez-le. Je vous ai dit en outre qu'il fallait un bateau à vapeur pour le service de la rivière. D'autre part, vous savez que le Goazacoalco est complètement désert ; vous le savez,
puisque vous êtes coconcessionnaire de trois cents lieues de terre.
Comment pouvez-vous me faire ces questions, et que voulez-vous
que j'en pense ?

Du reste, je dois vous dire que cette lettre du 22 juillet est une
énigme que je ne comprends pas. Si vous voulez que notre correspondance ne soit pas le plus affreux des tourmens pour moi, envoyez-moi l'acte de société, le prospectus, les articles des jour-

naux ; faites-moi savoir où vous en êtes des priviléges que le gouvernement vous a promis ; combien avez-vous engagé de familles ?
à quelles conditions ? combien avez-vous de navires, quel est leur
tonnage, leurs noms, ceux de leurs capitaines ? etc. Dites-moi combien vous avez placé d'actions et où je dois prendre les fonds pour
faire faire les maisons, acheter les vivres et les bestiaux pour loger
et nourrir les premiers arrivans. Ainsi éclairé et nanti, je serais
heureux au milieu de mes souffrances et de toutes les privations. Mais
en me laissant ignorer tout ce qui m'intéresse, et sans moyens,
l'enfer est un million de fois préférable à la position où je suis.
J'espère que les hommes que je demande sont en route avec les
fonds : j'espère, mais je doute, les antécédens sont pour moi.

Je termine en vous répétant encore une fois qu'il faut que les premiers envois d'hommes soient munis de vivres pour 6 mois, des outils
et instrumens nécessaires à leur profession, des semences potagères,
de mousticaires, de médecin, chirurgien, pharmacien, d'une
pharmacie complète ; enfin de tout ce qui peut leur être utile.
Il n'y a ici rien, absolument rien. Les seules choses que l'on pourra
se procurer, sont des chevaux, des bœufs, des vaches, des cochons, de la volaille et un peu de maïs. Le reste est à apporter.
Retenez-le bien, je vous prie, ne m'obligez pas à le répéter, ce
serait trop tard.

Votre ami désespéré,

Signé, F. GIORDAN.

Autre, du 22 octobre 1829.

TRÈS-HONORABLE AMI,

Je ne sais rien de ce qui me concerne dans la grande affaire
que vous avez dans les mains ; je suppose, etc.....

6

Avez-vous pensé aux enfans trouvés? eux seuls peuvent fournir des colons capables de résister au climat.

Avez-vous pensé à la nature des hommes à envoyer, aux machines, à la construction des navires, au bateau à vapeur, au médecin, etc.?.....

A-t-on payé les 20,000 fr. que j'ai tirés de la Vera-Crux?

Pense-t-on aux cultures à établir?... Nous nous sommes engagés à cultiver la vigne, l'olivier et le mûrier. On peut cultiver, en outre, le cacao, le café, le sucre, le coton, l'indigo, le rocou, la vanille, le thé; la canefice, le sassafras, les gommes, les baumes et l'encens, on n'a qu'à les recueillir, ils viennent seuls; les bois, on les exploitera; le poivre, on n'a qu'à le ramasser.

A-t-on pensé au régime de la colonie, aux instructions du directeur? que fera-t-on de lui? que fera-t-on des engagés qui viendront? A la manière dont vont les choses, je crains que vous ne fassiez du directeur qu'un commandeur, et des esclaves blancs, des engagés.

Quel parti a-t-on tiré de l'acte de société que j'ai envoyé? Était-il si méprisable qu'il ne valût pas la peine d'en faire mention? Il est vrai qu'il était basé sur les paroles de J.-C., ces paroles m'auraient-elles porté malheur?

Comptera-t-on ma correspondance pour quelque chose, y répondra-t-on? Pour parer aux dépenses, enverra-t-on des marchandises ou de l'argent? Ce dernier parti ne serait pas sage, l'argent perd ce que la marchandise gagne, et constitue une perte double.

Si on n'envoie ni argent ni marchandises, où prendra-t-on l'argent nécessaire aux établissemens?

A-t-on déterminé des traitemens pour les employés? comment vivront-ils? mes moyens s'épuisent, pense-t-on à les renouveler?

. . . .

Je vous ai fait beaucoup de questions, vous ne répondez à au-

cune ; je comprends que les travaux de votre questure vous oc-
cupent ; pourquoi n'avez-vous pas un secrétaire?

Prenez bien garde à ce que vous faites avec vos sous-compagnies;
vous leur donnez de la terre pour des actions : elles auront donc
deux sources de bénéfices, tandis que vous n'en aurez qu'une?
Elles seront sur les lieux, elles voudront tout diriger et entrave-
ront tout : c'est par là que la colonisation manquera. . . . .

. . . .

Quoi que vous en disiez, il fallait adopter le système sociétaire
qui seul pouvait empêcher les difficultés de naître, et donner une
valeur réelle au pays.

Signé, F. GIORDAN.

La lettre qui suit est celle qui a donné lieu à la réponse insérée
dans le Libelle.

24 mars 1830.

A M. LAISNÉ DE VILLEVÊQUE, A PARIS.

Je vous ai annoncé, par une de mes précédentes, l'arrivée et
l'échouement du navire l'Amérique du Hâvre; il est probable
que la nouvelle en sera parvenue, et que les journaux de Paris
ennemis de la prospérité de leur patrie, saisiront cet événement
pour crier contre la colonisation. Je pense, je ne dis pas j'espère,
que vous ferez tout ce qui sera en votre pouvoir pour dissiper
les impressions désagréables qu'ils pourront produire : vous direz
que le navire avait fait un excellent voyage, et que ce n'est que
parce que le vent lui a manqué lorsqu'il était dans la passe que
le courant très-fort l'a jeté sur la côte; que le même événement

était arrivé, il y a deux ans, à un navire hambourgeois nommé *la Concorde;* et comme alors on rétorquera que ces accidens sont fréquens, vous répondrez qu'avec un bateau à vapeur, que vous ferez tous vos efforts pour nous envoyer, ou que vous m'autoriserez à acheter à la Nouvelle-Orléans, en m'envoyant les fonds, ils ne se renouvelleront plus. Voilà un travail auquel cette première expédition vous assujétit et un mal assez facile à réparer; ce qui ne le sera pas autant, c'est l'impression que les colons ont éprouvée à leur arrivée. Jetés sur la côte, sans abri, exposés aux ardeurs d'un climat rigoureux, dans la saison des nords qui auraient pu leur causer les plus grands dommages, ils ont fait des efforts inouïs pour sauver leur navire, leurs femmes et leurs enfans; de là ils ont encore été obligés de faire des travaux pénibles pour se rendre à leur concession, où leurs peines sont loin d'être terminées, puisqu'ils tombent au milieu de forêts vierges, touffues et impénétrables. Dans la perplexité où ils se trouveront bientôt, les vivres consommés sans utilité pendant deux mois leur feront faute, le dégoût s'emparera d'eux, le désespoir les gagnera et ils s'en iront. C'est le résultat infaillible que votre négligence, ou votre imprévoyance, ou votre impéritie ont fatalement tracé. Si, par un bonheur que j'ai peine à espérer, cette disgrâce n'arrivait pas, il resterait toujours un souvenir pénible contre vous. On ne lance pas cent sept hommes, femmes ou enfans à deux mille cinq cents lieues de leurs foyers, sans pourvoir aux moyens de leur éviter le plus de désagrémens que l'on peut; *vous savez combien de fois je vous l'ai écrit;* vous savez aussi que j'ai envoyé un témoin oculaire des lieux, afin qu'il vous dît ce que j'aurais omis de vous écrire; vous savez enfin les précautions que j'avais prises pour me procurer les fonds nécessaires pour faire par moi-même ce que j'étais bien sûr que vous ne feriez pas; tout a été inutile!.... Les colons sont arrivés sans médecin, sans chirurgien, sans pharmacien, sans prêtre! Je n'ai point reçu de géomètre, d'instrumens de géométrie, de médicamens, d'instruction, rien! ... De sorte que nous nous trouvons au milieu d'un désert épouvantable, avec un avenir menaçant et un passé déplorable, et c'est vous qui nous mettez dans cette position; voyez par ce tableau, qui n'est qu'une esquisse faible, tout ce que peut produire la présomption, l'ignorance et la légèreté.

J'ai parlé à MM. Tisseron fils, Gallix et Bossan des plaintes que vous portez contre eux, ils ont dit que vous les calomniiez; j'ai montré à M. Bossan l'endroit où vous l'avez placé sur la carte que vous m'avez envoyée, il m'a montré la sienne, et je l'ai placé en conséquence de cette dernière. Réfléchissez, si vous pouvez, avant de prendre des déterminations de ce genre, et n'augmentez pas mes embarras. Mon caractère, mes habitudes et ma santé ne me permettent pas de prendre part à vos tripotages.

Le reste des colons se plaint, et non sans raison, de ce qu'ils n'ont obtenu aucune instruction de vous sur la nature des marchandises, des vivres, des effets et des armes qu'ils devaient apporter; ils disent qu'on ne les a pas informés de la manière dont ils devaient emballer leurs effets, du poids que devaient avoir les fardeaux, et assurent qu'ils publieront toutes ces circonstances, et qu'ils répéteront contre vous les pertes qu'ils ont éprouvées pour ces causes; évitez-moi au moins ces désagrémens pour l'avenir, et rappelez-vous que chaque fardeau ne doit peser que deux quintaux; qu'il faut apporter le vin dans des barils de dix veltes, peints en vert, précaution indispensable pour éviter qu'ils soient percés par des insectes appelés *Broca*, et l'eau-de-vie dans des barils de même capacité, cerclés en fer. Sur la nature des marchandises qui conviennent à la consommation, consultez les Mexicains qui sont à Paris, et prenez la peine d'écouter ce qu'ils vous diront. Il y a à Paris une foule de gens instruits sur ces matières, et entre autres M. Pedraza, mon ami, que vous avez dû voir. Je vous recommande, une fois pour toutes, en vous déclarant que je cesserai toute correspondance à l'avenir, si vous ne vous y conformez pas, de ne faire intervenir personne, votre fils ou autre, dans mes affaires; la loi de colonisation et la position dans laquelle le titre de concession me place m'ont créé directeur de la colonie; je ne souffrirai pas que les attributions que ce titre me donne me soient enlevées; vous savez bien que je ne suis pas un simple propriétaire, et qu'ici j'ai des obligations à remplir. Je ne récrimine point sur une chose de simple étiquette, il s'agit des intérêts positifs de la colonie, et par conséquent des vôtres. Qui me considérera, qui me respectera, si vous ne le faites pas?....

L'administration qui vient de changer, et dans laquelle sont entrés tous mes amis, m'a accordé quatre lieues à la Barre et quatre lieues à Sarrabia, pour fonder, sur le premier point, la ville de *Hydropolis*, et sur le second, celle de *Panopolis*; je suis autorisé à faire ouvrir tous les canaux et tous les chemins que je croirai nécessaires pour la communication de l'Atlantique et du Pacifique. La douane a reçu ordre de se transporter à la Barre; même ordre a été donné au capitaine de port; un pilote habile y est établi; si vous ajoutez le bateau à vapeur que je vous demande, je vous garantis qu'il n'y aura plus d'événemens fâcheux. Vous pouvez, si vous voulez, faire ressortir les avantages nombreux qui résulteront pour la colonie, des concessions que je viens d'obtenir; elles répondront à ce qui pourrait être dit contre. J'ajoute que le congrès général s'occupe de la franchise des droits de douane.

Cette lettre vous est écrite en caractères plus lisibles que les miens; pourrai-je espérer que vous la lirez et que vous la comprendrez mieux que mes précédentes? Vous devez sentir qu'il est temps et plus que temps de s'entendre, j'ai maintenant appris des choses que je n'aurais pas voulu savoir. Faites bien, et personne ne parlera.

Je n'ai point reçu le double des contrats que vous avez passés.

D'après ce que vous avez fait, je pense presque que vous les avez envoyés au vice-consul d'Acalpuco, me trompé-je?....

Demain je pars pour aller établir la première maison d'Hydropolis, pour recevoir les colons qu'on m'annonce être partis depuis le mois de janvier. Je profite de la présence de M. Mont-Robert, ancien officier de génie, un des colons arrivés, que j'ai provisoirement nommé ingénieur de la compagnie; il aura *cent piastres* par mois d'appointemens fixes, 5 pour o/o sur tous les travaux à faire, ses frais de voyage, et il sera tenu de surveiller gratis les réparations. En France, les officiers de génie, employés par les compagnies, ont jusqu'à 5,000 francs d'appointemens et 4 pour o/o sur les travaux; l'augmentation donnée à Mont-Robert n'est pas hors de proportion. Au reste, je vous transmets sa demande, le conseil de la compagnie statuera; en attendant, je vous prie de m'envoyer les objets qu'il demande.

Recevez, etc.

Autre, au sujet du brick l'Hercule.

Minatitlan, le 19 mai 1830.

. . . . Si l'on avait compté pour quelque chose ce que j'ai écrit, on n'aurait envoyé que des navires construits à varangues plates, ne calant que dix à onze pieds d'eau au plus, la Barre dans cette saison n'en ayant que douze; mais il paraît que l'on a pris à tâche de ne faire aucune attention à ce que je dis; aussi le poids accablant des événemens devrait-il tomber tout entier sur vous : malheureusement il n'en est pas ainsi, et c'est sur moi qu'il retombe. Les colons dégoûtés, appellent présages sinistres et de mauvaise augure, le double naufrage qu'ils ont éprouvé; aucun, ou peu d'entre eux, pensent rester dans la colonie; déjà quelques-uns sont partis, et les autres font secrètement leurs dispositions. Du premier convoi il ne reste à

Sarabia que M. Vassieu, associé de M. Bossan, qui se retire, et M. Gallix père. Sur l'Uspanapan il n'y aura bientôt plus que six personnes. Vous pouvez compter les quinze compagnies arrivées comme complètement dissoutes, et la colonisation à recommencer. Ces affligeantes nouvelles que je vous donne avec le plus profond regret, m'ont mis à deux doigts de la mort. Il y a aujourd'hui un mois, etc. . . . .

. . . . Si les colons ont amené des ouvriers au lieu de bons bûcherons, c'est encore parce qu'on n'a pas voulu se conformer à ce que j'ai prescrit; j'avais dit qu'il fallait aller chercher les hommes dans les montagnes, ne prendre que des malheureux qui ne pouvaient que gagner à changer de position, qu'aucun d'eux ne devait avoir porté un habit, et ce sont tous des Parisiens qui sont arrivés!!........ Ah! M. Laisné!........ Pas plus qu'avant, la colonie n'a de médecin, d'accoucheur, de pharmacien, de prêtre : pas plus qu'avant, elle n'a d'argent, de directeur, de secrétaire; mais plus qu'avant, elle est sans crédit et sans considération. L'effet moral est manqué. Vous ne relèverez le courage de ceux qui sont ici qu'en envoyant tout ce qui manque. Si vous n'avez point les fonds nécessaires, faites des sacrifices pour les obtenir; si vous ne pouvez pas en trouver, au nom de Dieu, cessez de lancer des hommes dans le désert, etc.

Suivent des détails sur les précautions à prendre pour les navires et les colons [1].

---

[1] Les personnes qui me connaissent comprendront à quel degré d'irritation les événemens m'avaient porté par le style de ces lettres, et combien M. Laisné de Villevêque a dû le trouver extraordinaire, puisqu'il a pu écrire la réponse interceptée, insérée au Libelle.

*Extrait de la correspondance de **M. Laisné de Villevêque**, à Paris, à **M. F. Giordan**, à Mexico.*

Paris, le 19 juin 1828.

Mon très-cher et honorable ami,

J'ai bien regretté de n'avoir pas eu le plaisir de vous embrasser avant votre départ, et de vous souhaiter un heureux voyage. J'aime à penser que la duoceur du climat que vous habitez vous rendra la santé et vous permettra de vous occuper utilement de *notre* concession.

Je vous réponds ici du plus brillant encouragement.

J'en ai parlé à M. le comte de La Ferronais qui m'honore de la plus intime confiance et d'une vive amitié ; il nous favorisera de tous ses moyens pour faciliter les émigrations.

Il a goûté mes idées pour former avec le Mexique les liaisons les plus intimes. On retire les troupes d'Espagne et de Cadix même.

Si la tranquillité règne au Mexique, la France reconnaîtra ce pays de la manière la plus formelle ; il me l'a répété, et je l'y pousse de toutes mes forces. Le ministre de la marine, mon ami intime, nous aidera également pour les paquebots, ou plutôt pour des navires, fins voiliers, de deux cent cinquante à trois cents tonneaux, qui partiraient tous les deux mois, et au bout de quelques années, tous les mois. Ainsi, redoublez de zèle, pour qu'on nous accorde la plus *grande concession.* Je suis lié avec les plus gros capitalistes et les banquiers ; ainsi nul doute que nous n'ayons sans peine les fonds nécessaires.

J'offre à madame Giordan mes hommages respectueux, et vous

prie d'agréer la nouvelle assurance de mon inviolable attachement et du plus entier dévoûment.

Votre bien affectionné serviteur et ami,

Signé, Laisné de Villevêque.

Autre.

Paris, le 9 décembre 1823.

Mon bien cher et honorable ami,

Je vous confirme ma lettre de 24 novembre dernier, etc. . . .

La protection du gouvernement consistera à favoriser la colonisation, à bien traiter nos produits dans ses douanes et à acheter nos tabacs de préférence à tous autres. Il reste donc la voie d'une compagnie, *et je réponds de la faire réussir complètement et promptement.*

On lui concéderait cent lieues de terrain ou quatre cent mille arpens de vingt-deux pieds par perche, auxquels je donnerais le plus de valeur que je pourrais.

Elle fournirait des fonds pour coloniser pendant un certain temps.

Sur cette somme je ferais une retenue pour indemniser des voyages et frais faits pour l'opération ; ce serait une condition, et vous seriez défrayé largement. J'en ferais une autre annuelle qui serait d'une somme convenable pour votre direction là-bas, et une pour la direction d'ici.

Commençons l'établissement sur une base bornée ; car y envoyer de suite de France, ou de Mexico et de la Vera-Cruz, de nouveaux artisans, qui n'y auront ni vivres ni maisons, et que l'ennui, le chagrin et les privations rendront mécontens et feront périr en partie, vous déflorerez et perdrez une superbe opération. D'ailleurs, sont-ce des cultivateurs? Depuis quarante ans que je médite sur les précautions et la prudence qu'il faut apporter pour coloniser sous les tropiques, *je suis sûr de mes moyens.*

Si l'on pouvait, pour vous et moi, réserver près le chef-lieu, comme fondateurs, vingt ou quarante mille arpens indivis, cela serait bien.

Il faut, pour la salubrité et la douceur de la température, choisir sur le Goazacoalco, à l'endroit où il commence d'être navigable, le site le plus rapproché des montagnes et le plus élevé. S'il y avait des savanes, cela serait encore mieux.

Mon premier envoi serait de cinquante travailleurs, et un seul bâtiment, pendant deux ans, suffira à la compagnie. Il pourra faire cinq voyages en deux ans.

Semez du blé, du maïs, des patates, des bananes; ayez des bestiaux de toutes sortes et des volailles des villes et colonies voisines. Voilà le début; j'enverrai un moulin à grain et un à scie.

Je ne ferai partir que des bûcherons, des terrassiers, des cultivateurs, des vignerons, des charpentiers, menuisiers, serruriers, charrons, tuilliers, et non des fainéans de Paris.

J'attends votre procuration, elle est nécessaire, et l'acte de concession en notre nom commun comme la demande. Je ne peux rien faire sans cela.

Comptez sur mon zèle, mes soins, mon attachement et mon dévoûment.

Il serait bien qu'à vous là bas et à moi ici, nous réservions la suprême direction. Il faut aussi un plan approximatif de ce qu'on cédera à la compagnie.

Signé, LAISNÉ DE VILLEVÊQUE.

Autre.
Paris, le 26 octobre 1828.

MON TRÈS-CHER ET HONORABLE AMI,

Je suis douloureusement affligé des communications que vient de me donner M. le ministre des affaires étrangères, et que m'ont confirmées plusieurs renseignemens reçus de Mexico : il paraît que vous vous lancez dans des utopies, des réformes, des projets, des réglemens chimériques et impossibles à réaliser. Que vous êtes entouré de quelques Français intrigans et désœuvrés, qui abuseront de votre loyauté et de votre confiance ; et que le résultat de tout cela sera de faire manquer notre colonisation.

Le ministre voulait que je demandasse de suite au gouvernement mexicain la division de la concession qui nous est faite.

Le peuple français, et surtout les capitalistes, ne se lancent pas dans les entreprises avec facilité, il faut qu'ils voient de la sagesse, de la prudence, de la prévoyance, un grand système économique surtout pour obtenir leur confiance. Sans cela, nul espoir de former une compagnie.

Dans une position si pénible, je me trouve obligé de vous dire que votre état de santé et vos infirmités, vos souffrances habituelles qui donnent à vos nerfs tant d'irritabilité, et à votre tête tant d'exaltation, ne vous permettent pas de vous livrer à un état pénible de direction et de colonisation.

Il faut que j'en sois ici chargé seul, avec une procuration générale, pour travailler au bien commun.

Mon fils, vice-consul, de résidence à Mexico, s'adjoindra M. Chédeaux ; votre ami, M. Michel, qui va s'y rendre, et quelques hommes sages et prudens, pour recevoir et diriger les colons et les cultures ; quand la compagnie sera formée, vous pourrez aller résider sur le lieu, la compagnie vous donnera un traitement, et vous resterez dans l'association pour votre part. Mais il me faut laisser le maître de la diriger selon mon expérience et mes lumières.

Si ces conditions ne vous conviennent pas, je suis très-fermement résolu à suivre le conseil de M. le comte de La Ferronais, de demander au gouvernement mexicain le partage de la concession.

J'attends votre procuration légalisée et votre réponse à ce sujet, par retour de courrier, et par duplicata.

Je compte accorder dix à vingt mille arpens gratis à une colonie suisse, qui s'y rendra et s'y établira à ses frais.

Agréez les salutations amicales de votre dévoué serviteur et ami.

Signé, Laisné de Villevêque.

Autre, du 25 janvier 1829.

Mon très-cher et honorable ami,

Ce n'est que depuis dix-huit à vingt jours, que M. Theubet de Beauchamp, qui était allé passer trois mois en Suisse, sa patrie, est arrivé à Paris. M. le préfet de police m'en ayant instruit sur-le-champ, je me trouve possesseur de l'acte de concession et du plan.

Il s'agit à présent de donner notre adhésion et acceptation à l'acte de concession. Mon fils est porteur de la mienne et remplira cette formalité ; faites-en autant de votre côté. Le délai de trois ans est bien court pour transporter cinq cents familles. Je charge mon fils, qui sera appuyé par le consul-général et le gouvernement français, de solliciter une prolongation de trois ans, auprès de son excellence le président Pédraza ; agissez dans cette vue de votre côté.

Faites-y filer tous les émigrans cultivateurs, arrivant au Mexique, jusqu'à deux cents au plus, en donnant gratis à chaque homme, de vingt ans et au-dessus, dix hectares, soit vingt-quatre arpens de cent perches chaque, la perche de vingt pieds de long sur vingt pieds de large.

La compagnie formée, je ferais attribuer à vous, à M. Ortis, à M. Chédéoux, un traitement de direction. La compagnie se réserverait vingt mille hectares ou trente mille des terres les plus fertiles, qu'elle ferait cultiver par des engagés, en indigo, sucre, vignes, oliviers, etc. D'abord, il faut s'occuper des vivres bananes, maïs, patates. Vous aurez sur l'habitation de la compagnie le logement, le *chauffage*, les douceurs de légumes, fruits, vivres, volailles, etc. On enverrait des jardiniers, un pêcheur, un chasseur. Votre seule dépense serait un faible entretien. . . . .

. . . .

Pour Dieu, je vous prie, allez vous fixer sur la concession, vous y vivrez heureux et tranquille, sans frais ni dépenses, et inspecterez, *en vous promenant*, les travaux des cultivateurs, engagés pour trois ans, que j'enrôlerai lorsque la compagnie sera formée, et qu'elle aura un bâtiment pour le transport.

Votre dévoué serviteur,

Signé, Laisné de Villevêque.

P. S. Les rentes mexicaines étant à 23-30, si le gouvernement mexicain sans bruit, ou plutôt dans le plus grand secret, me faisait passer des fonds ou des valeurs à l'insu des banquiers juifs, j'éteindrais sa dette en peu de temps avec un grand bénéfice; mais il ne faudrait pas payer les intérêts pour les tenir à bas prix.

Autre, du 25 février 1829.

Mon très-cher et honorable ami,

Je reçois votre lettre du 29 octobre, qui m'annonce votre voyage au Goazacoalco; c'est fort bien. J'ai fait graver la carte que j'ai reçue, et j'ai rédigé le prospectus d'une compagnie. Tout est en une telle défiance ici sur toutes les entreprises, que de l'avis de deux agens de change, etc. etc. . . . . Occupons-nous de coloniser la partie supérieure, qui est la plus saine. Qu'avec des engagés, la compagnie plante quatre à cinq cent mille pieds d'oliviers et la canne à sucre, qu'elle ait une

immense indigoterie, des haras pour l'éducation des mulets, etc.,
et elle aura plusieurs millions de revenu.

En formant la compagnie, je réclamerai une commission pour
vos peines et soins, de 2 1/2 pour o/o, si je puis; je fais à dix
mille exemplaires imprimer le rapport sur le Goazacoalco, que j'ai
fait traduire, ainsi que le long prospectus *que j'ai fait..* Je fais
tirer la carte à trois cents exemplaires; j'ai écrit en Suisse, en Al-
lemagne, en Irlande. En septembre, si la compagnie réussit,
j'aurai acheté, pour transporter des colons, deux navires de deux
cents à deux cent cinquante tonneaux. Ne nous occupons que de
cultiver et coloniser; c'est une source immense de richesses, etc.

Votre dévoué serviteur,

Signé, LAISNÉ DE VILLEVÊQUE.

Autre, du 16 mars 1829.

MON TRÈS-CHER ET HONORABLE AMI,

Je concède cent cinquante lieues carrées, à partir de *l'agoyo de
Sagittaga* jusqu'aux sources du Goazacoalco, en suivant la rive
droite, et comprenant les petites rivières qui affluent dans le fleuve
depuis leur sortie des montagnes. La compagnie est de six mille
actions de 1,000 fr. chacune; trois mille sont représentées par la
valeur de trois cent mille hectares ou environ sept cent vingt mille
arpens de cent perches, et la perche de vingt pieds en tous sens.
Les trois mille autres actions qu'il s'agit de placer, seront de 1,000
francs chaque, payables par dixièmes; le premier dixième de six
mois en six mois; les trois premières années seront sans intérêt,
ensuite les revenus des habitations de la compagnie et le prix de
la vente des terres seront partagés par moitié entre la compagnie
et nous; et la compagnie sera obligée d'y transporter cinq cents

familles aux termes de l'acte de concession en trois ans, etc. etc.
Faites filer sur le Goazacoalco tous les arrivans et Indiens.

Votre ami de cœur,

Signé, LAISNÉ DE VILLEVÊQUE.

Autre, du 1er avril 1829.

MON TRÈS-CHER ET HONORABLE AMI,

Mon fils, etc. . . . .
. . . . Lors de la formation de la compagnie, vous
serez à la tête au Goazacoalco pour en diriger les cultures, avec
des appointemens ; M. Chédéoux pourrait être votre second sous
vos ordres. . . . .
. . . . En attendant, envoyez tous les arrivans et
indigènes, qui voudront se fixer sur la colonie, etc. . . . .
. . . .

Je vous salue et vous embrasse cordialement,

Signé, LAISNÉ DE VILLEVÊQUE.

Autre, à M. Ortis, du 1er avril 1829.

§ 2. M. le comte de Saint-Cricq, ministre du commerce, et
M. le comte de La Ferronais, ministre des affaires étrangères,
mon ami intime, qui est allé passer l'hiver à Nice, à raison de sa
mauvaise santé, m'avaient communiqué les dépêches de M. Martin, consul-général français, relativement à la position et à la
fertilité de l'isthme de Tehuantepec. C'est là dedans que j'ai pu
apprécier la haute capacité, l'intelligence et la probité qui vous
distinguent si éminemment, et que vous avez développées dans
ce commencement de colonisation. Aussi, en formant une compagnie pour y accroître les cultures, et y transporter de nombreux

colons, j'ai dû jeter les yeux sur vous pour en être le directeur.
J'espère que vous ne refuserez pas cette marque honorable de
confiance méritée, etc. etc. . . . .

Votre très-humble serviteur,

Signé, Laisné de Villevêque.

Autre, à M. Giordan, du 22 avril 1829.

Mon très-cher et honorable ami,

Je reçois vos lettres des 28 janvier et 17 février à l'instant
même, etc. . . . .
. . . . Les banquiers et les capitalistes sont si juifs,
que sur les trois mille actions réservées par moitié à vous et à
moi, formant la moitié des six mille, dont les trois mille autres
de 1,000 fr. sont payantes, on me demande le cinquième en don,
pour se charger de les réaliser. Le paiement est en quatre ans
et demi, en dix paiemens, c'est-à-dire par dixième de six mois
en six mois. Il sera juste d'en donner pour récompense à l'excellent Thadéo Ortis; que donnera-t-on à M. Chédéoux ? . . . .
. . . .

La compagnie formée, je vous ferai donner des appointemens
comme directeur-général au Goazacoalco, et aussi à M. Ortis.
Voilà trois lettres de remercîmens que je lui adresse. Il est très-
bien que vous y résidiez ainsi que madame Giordan, à qui j'offre
l'hommage de mon respect.
. . . .

Réservons pour nous deux cent cinquante lieues dans le bas
de la concession, et notamment l'île d'Agoualepeo, c'est un terrain à indigo et à canne à sucre. Qu'à l'embouchure du fleuve
M. Ortis donne son nom à la ville qu'on y fondera, *Ortispolis.*
A l'embouchure de l'Uspanapa, dans le Goazacoalco, donnez à la

ville mon nom, *Laisnépolis*. A l'embouchure du Chachijappa, dans le Goazacoalco, donnez votre nom à la ville, *Giordanipolis*, cela conservera le nom des fondateurs. . . . .

Comptez sur mon éternelle amitié et sur une éternelle union. Pleins de courage, travaillons de concert au bien du pays, de nos colons, et par-là même au nôtre. Agréez les salutations les plus cordiales de votre plus fidèle et plus dévoué serviteur et ami,

Signé, Laisné de Villevêque.

Autre, du 18 novembre 1829.

MON TRÈS-CHER ET HONORABLE AMI,

Les craintes, etc. . . . . L'obligation d'y transporter cinq cents familles en trois ans, déjà commencée, m'a suggéré l'heureuse idée de faire des sous-concessions, etc..... J'ai réussi au-delà de mes espérances; et lorsque j'ai vu l'affaire emmanchée, j'ai été plus rigoureux, en ce que je les astreints à une rente au bout de trois ans et demi et quatre ans. Si la malice et la jalousie des canailles à argent de ce pays-ci ne réussissent pas à empêcher la formation de la compagnie, dans ce cas-là nous partagerions ces rentes entre nous deux. . . . . . . Nous voilà, grâces à Dieu, hors de peine et d'inquiétude pour le transport et le placement de cinq cents familles.

Je vous envoie deux prospectus, gardez-les pour vous, et ne les communiquez pas; ainsi qu'une grande et petite carte et un double des traités des sous-concessionnaires. Envoyez-moi votre procuration pour ratifier ces concessions ou faites-le là-bas. Je désirerais que vous fussiez l'alcade ou le gouverneur-général de la colonie, vous y concilieriez et jugeriez les contestations qui pourraient s'y élever, etc. etc. . . . .

Votre dévoué serviteur,

Signe, Laisné de Villevêque.

Autre, du 20 novembre 1829.

Je vous confirme ma lettre du 19 courant, mon honorable ami ; les premiers concessionnaires, à la seule charge d'introduire en trois ans, à partir du 1.ᵉʳ septembre dernier, vingt familles par lieue carrée, et de prendre dix actions dans la grande compagnie, n'ont été tenus de verser les à-comptes que quand elle serait constituée. Mais ce premier pas fait, et voyant des demandes, j'y ai mis la condition de verser en argent *en mes mains* deux dixièmes avant de partir ; je les destinais à les employer en frais de colonisation, etc. etc. . . . .

Je vous salue de cœur, votre dévoué serviteur et ami,

Signé, LAISNÉ DE VILLEVÈQUE.

Autre, du 15 décembre 1829.

MON TRÈS-HONORABLE AMI,

Je vous confirme d'être en défiance sur MM. Tisseron et Galliv, qui se sont conduits indignement.

1° D'abord, en ne remplissant pas leurs engagemens envers moi, qui étaient de compter 4,000 fr. pour les deux dixièmes des actions qu'ils étaient tenus de prendre dans la grande compagnie ;

2° En donnant ici un billet fait par un compère qui n'a pas payé son engagement ;

3° En escamotant à une maison respectable du Hâvre, MM. Rice et Courteville, pour 2,000 fr. de vivres et fournitures qu'ils n'ont pas payés ;

4° En ne pouvant pas payer le passage de leurs gens, ce qui a fait que leurs co-voyageurs ont été obligés de compter pour eux, au capitaine, 4,000 fr. Ayant été des premiers preneurs, ils ont été traités avec une faveur insigne, et ont leur concession, sans être grevés d'aucune rente par la suite. J'espère que vous ne les aurez pas mis en possession.

M. Bossan n'a pas non plus versé les 2,000 fr., et il a aussi ses terres gratuitement. Ainsi, usez envers lui de la même sévérité : tenez la main à tous ces égrillards-là, ou qu'ils renoncent à demi de leur concession pour être mis en possession. A la fin de janvier, une centaine de nouveaux colons partira.

Je vous salue cordialement,

Signé, LAISNÉ DE VILLEVÊQUE.

Autre, du 18 *février* 1830.

MONSIEUR ET HONORABLE AMI,

J'ai reçu votre lettre du 8 août, et notamment celle du 1er septembre, etc. . . . .
A présent, à valoir sur les premières redevances qui seront dues par les sous-concessionnaires, j'exige 1 franc comptant de l'arpent. Le nombre des concessions de ce genre est encore bien exigu ; mais en continuant, cela me mettra à même de vous envoyer quelques fonds, car je n'ai presque jusqu'ici eu que des déboursés considérables, dont ma lettre du 22 décembre vous a esquissé le tableau.

Je vous ai marqué l'indigne conduite, etc. . . . .
. . . .
M. Martin, ancien consul-général, nous a fait et nous fait le plus grand tort. Ses discours dépréciaient notre concession et la représentent comme une nouvelle Batavia ; il fait l'*echo* du journal du Hâvre. C'est une horreur, après toutes les politesses que je lui ai faites à son arrivée.

Dans cette fâcheuse position, j'ai prié l'abbé Baradère de m'écrire une lettre que nous avons concertée ensemble, et que j'ai fait imprimer et distribuer au nombre de quatre mille exemplaires ;

elle commence à neutraliser la mauvaise impression que cet en-
nemi a répandue. Il nous a fait avorter vingt projets de concession,
pour lesquels nous aurions reçu 1 franc de l'arpent.

Quant à ceux des concessionnaires qui ne partiront pas en septembre et en octobre, j'aviserai à faire annuler, par le gouvernement de la Vera-Cruz, les sous-concessions pour cause de mon
départ, etc. etc.

Je vous salue cordialement,

Signé, LAISNÉ DE VILLEVÊQUE.

Autre, du 22 décembre 1830.

MONSIEUR ET HONORABLE AMI,

. . . .

La vérité est que certains banquiers, capitalistes et armateurs,
voulaient se rendre les maîtres exclusifs de l'opération, nous
dépouiller de la concession, et nous laisser, par égard, quelques
miettes du gâteau qu'ils auraient dévoré en totalité. . . . .

J'aime à penser que vous n'avez pas hésité à ratifier des dispositions aussi heureusement prises, et qui ont eu l'approbation
unanime de tous vos amis, qui nous tirent des griffes des juifs
et des rapineurs de banquiers capitalistes, qui de plus remplissent
les conditions onéreuses de l'acte de concession, et qui surpassent
de beaucoup vos évaluations; je ne doute pas que vous ne m'en-
gagiez à les continuer.

S'il en était autrement, je serais obligé de m'adresser au gouvernement mexicain pour qu'il voulût bien faire le partage de la
concession entre vous et moi, et vous vous arrangerez ensuite
comme vous le jugerez à propos avec M. l'abbé Baradère, etc. etc.

. . . .

C'est à Minatitlan que vous avez fixé votre demeure, c'est là
que vous avez établi, sans doute, les cultures de vivres, et no-

tamment celle de cent quatre-vingt mille pieds de café et de cacao que vous m'avez annoncé avoir plantés, etc. . . . .

Lorsque sans recevoir une obole et sans parler du voyage et de l'entretien de mon fils, dont la présence est et sera si nécessaire à Mexico, j'ai supporté les frais des dépôts de l'acte de concession, des impressions par milliers des prospectus et grandes et petites cartes, des avis et articles de journaux, ceux d'une énormissime et journalière correspondance, d'un commis que j'emploie pour n'être pas encombré, d'envois d'agens à Lyon et à Bruxelles, des 1250 fr. comptés à l'abbé Baradère, etc., je n'avais pas d'argent pour acquitter vos traites, etc. etc. . . . .

Vous improuvez le prospectus, etc. . . . .

Mais brisons tout ceci, j'ai agi pour le mieux de vos intérêts comme des miens. J'attends donc la confirmation de ce que j'ai commencé si heureusement. S'il en était autrement, je me séparerais de suite, etc. . . . .

Dans l'espoir que vous me rendrez la justice qui m'est due, je vous salue cordialement,

Signé, Laisné de Villevêque.

Lettre écrite à M. le comte Molé, *ministre des affaires etrangères, par* M. Laisné de Villevêque, *le 23 septembre* 1830.

Le prince de Polignac, votre prédécesseur, m'a fait l'honneur de me remettre le 24 juillet dernier :

1° Copie de deux lettres de S. Exc. M. Lucas Alaman, ministre des relations extérieures à Mexico, à M. le consul-général de France dans cette même ville, datées des 22 et 27 avril 1830 ;

2° Copie d'une lettre du consul-général à Son Excellence le ministre des affaires étrangères à Mexico, datée du 6 mai 1830 ;

3° Copie d'une lettre du vice-consul de la Vera-Cruz à M. le consul-général du Mexique, datée du 19 mai 1830 ;

4° Copie d'une lettre adressée à Son Excellence le ministre des affaires étrangères à Paris, par le consulat-général de France à Mexico.

La première de ces dépêches contient une espèce d'accusation d'extravagance contre celui des entrepreneurs qui se trouvait dans la colonie, mitigée par l'éloge que l'on fait de l'entreprise ; car, puisqu'il avait été assez heureux pour concourir à une chose utile, il n'était pas probable qu'il voulût la perdre par des extravagances.

La deuxième, porte une accusation de mauvaise foi dans la plainte que M. Giordan avait adressée sur les difficultés qu'il éprouvait pour faire interner les colons. M. Giordan n'a point mis de mauvaise foi dans cette plainte. Deux lettres de M. Lucas Alaman, l'une datée Mexico, 24 février, et l'autre, 29 mars 1830, portent les dispositions qu'il a été obligé de prendre au sujet de cette plainte, et dont il informe. Or, il est bien évident que, si la plainte n'avait pas été fondée, les dispositions n'auraient pas été prises.

La troisième, celle du 29 mars, s'exprime ainsi : « Ayant rendu » compte à Son Excellence le vice-président, de votre lettre du » 9 courant, par laquelle vous me demandez que les colons qui sont » venus s'établir sur le Goazacoalco, soient affranchis des obliga- » tions qui leur sont imposées par le réglement des passe-ports ; » Son Excellence me charge de vous dire qu'on ne peut les affran- » chir des dispositions dudit réglement, parce qu'elles compren- » nent, non-seulement les étrangers, mais aussi les Mexicains, et » qu'elles ont pour but de faire connaître exactement le mouve- » ment de la population. » Or, ces dispositions portent que nul ne sera admis dans le territoire de la république sans passe-port, ordonnent l'expulsion de ceux qui se présenteraient de cette ma- nière. Il est donc évident qu'il faut que le passe-port soit présenté, et que nul ne peut interner sans avoir rempli cette formalité ; ce qui prend toujours assez de temps, une seule personne étant char- gée de ce travail qui est fort long.

La lettre du consul-général, datée 6 mai 1830, porte qu'à leur arrivée au Goazacoalco les Français ont été livrés au désespoir. J'ai sous les yeux les lettres de plusieurs colons qui annoncent au contraire le bonheur qu'ils éprouvent sur cette terre de prédilection, sur laquelle ils appellent tous leurs parens. La rapacité de **M. Giordan** a été de telle nature, que sa bourse s'est vidée pour les colons, dont le navire venait malheureusement d'échouer ; que ses pirogues ont été brisées pour sauver leurs effets, et que tous ses établissemens ont été envahis ; mais M. Giordan n'avait pas le don de la multiplication des pains et du vin dans un pays où l'arrivée imprévue de cent personnes cause une espèce de famine. On conçoit, en effet, que près de cent cinquante-personnes qui arrivent simultanément chez l'habitant d'un pays presque sans population, doivent ne pas s'y trouver à l'aise, et que tous même ne peuvent pas y être admis. De là naissent les jalousies qui ont donné lieu à l'accusation de M. le consul-général, qui se serait bien gardé de s'en rendre l'écho s'il avait connu le caractère honorable de M. Giordan, et s'il avait su que les chefs de compagnie des deux convois mis en notre lieu et place par les actes de sous-concessions, avaient apporté des vivres pour tous leurs ouvriers et pour plus de six mois. Ils n'avaient donc pas besoin d'acheter des vivres de M. Giordan, qui ne pouvait pas, du reste, leur en vendre, puisqu'il n'en avait pas. J'ai sous les yeux un compte dressé par M. Bremont, l'un de sous-concessionnaires, qui porte à 82 centimes par jour la dépense qu'ils faisaient chez M. Giordan. Pour ces 82 centimes, ils avaient le café au lait le matin, un déjeuner à la fourchette, composé de trois plats, et un dîner composé de cinq.

La seule personne qui ait fait et fasse le commerce des subsistances, est don Ramon Oyos, commissaire ; M. Giordan, loin de s'y livrer, faisait acheter par son épouse, qui parle la langue du pays, tous les vivres qui se présentaient, et les distribuait aux

colons au prix coûtant, et cela pour qu'ils ne fussent pas sur-
faits dans le prix.

La lettre du vice-consul de la Vera-Cruz (si l'on en excepte ce
qui est relatif à la mort de trois colons qui se sont noyés par leur
faute) est un tissu d'inexactitudes. On ne peut imputer à personne
l'événement malheureux qui a fait périr un père de sept enfans,
un de trois, et un célibataire. Le navire *l'Hercule* est arrivé à
la Barre, le 16 avril. M. Giordan y était rendu le 17 au matin. Il
a fait tout ce qu'on pouvait humainement faire pour faire entrer
le navire en rivière, ou à le faire mettre sous voile, en promettant
au capitaine de prendre les passagers et sa cargaison en mer, et
en lui prédisant que le moindre nord jeterait son navire à la côte.
Ces pressantes sollicitations lui ont été faites devant MM. *Ouli-
bert Plane*, *Foudria*, *Marmontel*, et autres ; elles restèrent sans
succès, et le capitaine répondit *qu'il était assuré*, et que si le
navire se perdait il s'en moquait ; que du reste, quand même il
voudrait entrer en rivière il ne le pourrait pas, vu que son navire calait quatorze pieds, et qu'il n'y avait que douze pieds sur la
Barre. Il resta donc mouillé en dehors, et le 25 il vint échouer
sur la côte. Jusque-là personne n'avait péri, rien n'avait été
perdu ; ce ne fut que le lendemain que les trois malheureux pé-
rirent. Ils venaient de charger une chaloupe d'effets à bord, et
n'étant pas assez habiles pour la gouverner, le courant la porta
sur les brisans, où elle chavira ; elle portait *cinq* hommes dont
deux se sont sauvés.

Ici M. le vice-consul de la Vera-Cruz a tort de dire que M. Giordan a exigé une rétribution d'un franc par arpent pour mettre les
sous-concessonnaires en possession. Les sous-concessionnaires se
seraient moqués de cette prétention, et auraient bien fait, leurs
traités ne leur imposant pas cette charge. Il est également inexact
de dire que M. Giordan a méconnu la signature de M. Laisné
de Villevêque, et que les colons, outrés de sa conduite, sont venus
armés de sabres et de pistolets, sous la conduite d'un Allemand.

pour l'assassiner. Si cela était vrai, cet Allemand, dont le vice-consul loue la conduite, mériterait d'être puni comme chef de révolte. La vérité est, que le nommé Beringer, tailleur, demandait verbalement un passe-port pour la Vera-Cruz; M. Giordan, sans le lui refuser, lui observa qu'étant obligé de rendre compte des motifs qui faisaient partir les colons, la demande d'un passe-port devait contenir ces motifs, et être faite par écrit. A la suite de cette explication, l'Allemand s'étant grisé, vint avec un pistolet pour tuer, disait-il, M. Giordan. Les autres colons indignés, l'empêchèrent de parvenir jusqu'au lit où ce dernier gisait malade, le désarmèrent et l'envoyèrent coucher. Aucune plainte n'a été portée sur ce fait. . . . .

M. Giordan a demandé au gouvernement mexicain qu'une enquête fût faite sur les questions suivantes :

Questions.

1° Est-il vrai que M. Giordan ait été gravement malade depuis l'arrivée du navire *l'Hercule* à la Barre, jusqu'à son départ de Minatitlan?

2° A-t-il refusé de mettre les sous-concessionnaires en possession de leur terrain?

3° A-t-il demandé de l'argent pour cette opération?

4° Ne leur a-t-il pas au contraire promis de réduire au minimum, et même d'anéantir complétement leur charge?

5° A-t-il spéculé sur l'existence des colons en leur vendant des vivres à des prix exorbitans?

6° Ne s'est-il pas déplacé pour les loger?

7° La plupart des colons ne lui doivent-ils pas?

8° Sa conduite à leur égard est-elle reprochable?

9° Les colons se sont-ils ameutés contre lui par suite des vexations qu'il leur aurait fait éprouver?

10° Comment s'est passée l'affaire Beringer?

Agréez, etc.

Signé, LAISNÉ DE VILLEVÊQUE

Lettre extraite de la Gazette des Tribunaux, du 15 septembre 1851.

Momentanément revenu d'Orléans à Paris pour y passer quelques jours, j'apprends que vous avez récemment annoncé dans votre feuille qu'une plainte en police correctionnelle était déposée contre moi et M. Giordan, par de soi-disans colons du Goazacoalco. Je n'ai encore reçu à ce sujet aucune communication judiciaire, mais je vous préviens que j'attends cette plainte avec impatience, que je la désire avec ardeur, pour avoir l'occasion de mettre fin à tant de ridicules attaques et de démasquer les intrigans et les mauvais sujets, qui, criblés de dettes, ont abusé de ma confiance pour obtenir gratuitement en toute propriété une grande quantité de terres, qui ont repoussé les plus sages conseils, et n'ont tenu aucun de leurs engagemens.

En dépit de leurs jactances, ils n'avaient aucun moyen pécuniaire; ils n'ont recruté que des ivrognes, des fainéans qui n'ont pas voulu travailler, ni même remonter dans la concession, éloignée de vingt-cinq à trente lieues de l'embouchure du fleuve, pour s'y fixer et défricher.

Je profiterai de cette circonstance pour m'expliquer sur le compte d'un misérable calomniateur nommé Mansion, à présent secrétaire d'un ancien garçon de café, devenu, au grand étonnement du commerce, vice-consul de France; que les négocians français voient avec inquiétude et déplaisir dépositaire de leurs correspondances, qui, à coup sûr, a arrêté et décacheté insolemment mes lettres et celles de M. Giordan; qui intercepte une partie de celles de la colonie, et qui enfin, est connu par ses querelles avec les capitaines de navire de Bordeaux, qui l'ont traité comme il le méritait.

Quant aux prétendus griefs de certains colons contre M. Giordan, j'ignore sur quoi ils les fondent, mais je n'y suis pour rien, et cela ne me regarde pas. Sans doute il y répondra victorieusement; mais ce que je sais, c'est qu'il les a secourus selon ses moyens, c'est que plusieurs de ces criards sont ses débiteurs, et qu'ils ne lui ont jamais remboursé ce qu'il leur a avancé sans intérêt.

J'attends de votre justice, et requiers conformément à la loi, que vous insériez ma réponse dans votre journal.

J'ai l'honneur, etc.

Signé, LAISNÉ DE VILLEVÊQUE.

N. B. Plusieurs choses ressortent de cette correspondance; la première, c'est la différence du ton qui existe entre les lettres écrites avant l'obtention de la concession et celles écrites après. Le public remarquera surtout celui des deux dernières, dans lesquelles M. Laisné de Villevêque, revenant de toutes ses préventions à mon égard, me justifie aussi complétement qu'il le peut. La seconde chose qui ressort de cette correspondance, c'est le mode impératif. M. Laisné, en parlant de lui, dit toujours : « Je fais, j'ai fait » ; et en me parlant à moi : « Ayez, » ou faites. » La troisième, c'est le soin extrême avec lequel il évite d'indiquer les moyens de subvenir aux dépenses qu'il ordonne. La quatrième, c'est son obstination à réfuser de reconnaître et de payer sa portion de dépense; la cinquième, c'est l'effronterie avec laquelle il déclare n'avoir aucun fonds pour faire face à ces dépenses, lorsqu'il a positivement écrit qu'il recevait *un franc* par arpent, et le montant du cinquième des actions. La sixième, c'est son imperturbable présomption et ses tergiversations continuelles. Depuis quarante ans, dit-il, d'une part, que je médite sur les précautions et la prudence qu'il faut apporter pour coloniser sous les tropiques, *je suis sûr de mes moyens;* et de l'autre, c'est d'abord une grande compagnie qu'il veut former, ensuite une petite; et enfin, ce sont des sous-concessions qu'il finit par faire; quant aux précautions, il n'en prend d'aucune espèce, aussi les deux premiers navires arrivés au Goazacoalco, échouent, et les colons arrivés par ces deux navires, ainsi que ceux transportés par les autres, meurent ou se dispersent. Digne fruit de ses quarante années de méditation. (+) La septième, enfin, qu'il n'a jamais eu en vue qu'une affaire d'argent.

www.ingramcontent.com/pod-product-compliance
Lightning Source LLC
LaVergne TN
LVHW020709200726
843508LV00002B/956